괜찮지 않다고
외치고 나서야
괜찮아지기 시작했다

괜찮지 않다고 외치고 나서야 괜찮아지기 시작했다

**초판 1쇄 인쇄** 2023년 4월 5일
**초판 1쇄 발행** 2023년 4월 14일

**지은이** 정순임
**펴낸이** 정해종

**펴낸곳** ㈜파람북
**출판등록** 2018년 4월 30일 제2018-000126호
**주소** 서울특별시 마포구 토정로 222 한국출판콘텐츠센터 303호
**전자우편** info@parambook.co.kr **인스타그램** @param.book
**페이스북** www.facebook.com/parambook/ **네이버 포스트** m.post.naver.com/parambook
**대표전화** (편집) 02-2038-2633 (마케팅) 070-4353-0561

**ISBN** 979-11-92964-21-8 03810
책값은 뒤표지에 있습니다.

# 괜찮지 않다고
# 외치고 나서야
# 괜찮아지기 시작했다

정순임 에세이

파람북

# 머리글

봄이 오시려나 보다. 겨우내 얼었던 냇물은 쩌엉 쩡 꿍꽝! 햇살의 향방을 따라 녹아내린다. 보일 듯 말 듯 가지 끝을 향해 기어오르는 연둣빛 행렬. 냇가에 버들강아지 새 옷을 준비하느라 분주하다. 모자를 벗고 지퍼를 연다. 겨우내 산책길 지킴이가 되어주었던 긴 패딩과 작별할 때가 되었나 보다. 응달에 버텨 선 겨울바람이 마지막 힘을 짜내 보지만 역부족이다. 떠나야 할 것들이 아무리 저항을 한다고 해도 다가오는 시간을 거스를 수는 없다.

어떡하지! 내가 할 수 있을까? 머리에서 절벅절벅 가슴으로 걸어 내려와 철퍽철퍽. 오와 열을 맞춰 일사불란하게 신경을 헤집고 다니던 마지막 걱정을 지면에다 풀어 놓는다. 괜찮다 괜찮다 하면 괜찮아질 줄 알았다. 그러려니 덮어두면 아무도 상처받지 않은 것처럼 죽는 날까지 살아질 줄 알았다. 50년이 넘는 시간을 아무것도 아니라고, 나만 그런 것도 아니라고, 그러니 별거 아니라고, 그냥 잊어버리자고 입 앙다물고 두 손 불끈 쥐고 걸어왔는데, 괜찮아지지 않았다. 잠금장치를 망가뜨린 감정은 마치 언젠가를 기약하며 지하 세계에 숨어 몸짓을 불리고 있던 만화 영화 속 괴물처럼 일상을 덮쳐왔다.

몇 년 전 기웃대는 가을을 따라 제주도 어느 바닷가 펜션에서 한 달 살기를 시작했다. 무작정 쓰기로 했다. 쓰는 거 말고 다른 방법을 알지 못했다. 찬찬히 들여다보고 한 자 한 자 써 내려가다 보면 그 어떤 상처도 다 아물 거라는 믿음이 있었다. 그러니 선택은 쓰는 것 말고는 없었던 셈이다. 상처뿐만 아니라 꿈도 밀쳐 놓고 의무를 다하느라 정신없이 달려온 날들. 허기를 메우느라 사들인 책을 펼치면 표지 오른쪽 날개에 박혀 있는 작가의 프로필은 얼마나 눈물 나게 부러웠던지. 까짓거 나도 언젠가는 할 수 있어. 오만을 장착하고 버텨온 세월. 꿈이 거기 있었으니 썼다. 죽이 될지 밥이 될지 생각하지 않았다.

근사한 이야기를 멋지게 써야 했을 것을. 지면만 펼치면 상처들이 쏟아져 문장과 문단을 장악했고, 그것을 외면하고 갈 수 있는 길은 없다는 걸 깨달았다. 뭐 대단하게 살았다고 네 이야기를 한다는 거지. 너만큼 상처받지 않은 사람이 어디 있다고 그렇게 유난을 떠냐. 스토커처럼 따라붙는 생각을 외면하지 않고 함께 걷고 같이 달렸다. 뭐 특별해서가 아니야. 잘 살았다고 봐달라고 떼쓰는 것도 아니야. 나 혼자에게만 일어난 일이라면 진짜 그러려니 괜찮다고 대수롭지 않게 넘겼을 거야. 근데 이전 시대를 살았던 그분들과 지금을 살고 있는 우리가 겪었고, 겪어 내고 있는 일이잖아. 그걸 쓰지 않고 어떻게 괜찮아질 수 있겠어. 상처투성이로 나아갈 미래는 없는 거잖아.

엄마, 일하러 가면 아가씨가 대표야, 이야기할 다른 남자 없어. 나이 든 아저씨들 반응이 대부분 그래. 화가로 사느라 아트 회사를 만들어 밥벌이하는 큰아이가 종종 하는 말이다. 학연 지연 혈연으로 한 다리 건너면 대부분 아는 사람이고, 고인 물로 살기를 자처하는 사람들이 많은 소도시라 더 그런 경향이 많을 거라 짐작한다. 대도시에서의 삶은 조금은 더 나을 거라고 애써 위안도 삼아본다. 간절한 바람에도 불구하고 현실은 난설헌 허초희 그녀가 살았던 시대에서 모퉁이 하나 겨우 돌아 나왔을까 싶다.

엄마, 여자가 혼자 사는 집에 친구들끼리 남자 구두 사주는 게 유행이야. 독일에 간 지 얼마 지나지 않았을 때 작은아이가 보내온 소식이다. 선진국이라고 조금은 선망하던 그 나라도 그렇단 말인가! 노력한다고 했는데, 조금은 바뀌었다고 그래야 한다고 믿었는데. 갈 길이 만만치가 않다. 왜 남자들만 군대 가고 숙직을 해야 하냐고 역차별이라고 한다. 인정한다. 그러면서 가슴이 답답하다. 역차별은 차별이 있었기에 존재하게 된 녀석이다. 늘 있어 온 차별에 대해 논의하지 않고 그것을 바꾸지 않고 역차별을 없앨 방법을 알지 못하는 까닭이다. 이 책을 쓴 이유도 그것이다. 오늘도 흙탕물 가득한 시냇물에 정안수 한 그릇 떠다 붓는다.

2023년 꽃 피는 계절에 고향집에서

## 차례

## 3장 엄마와 나의 평행선



## 4장 모든 길은 가족에 닿는다

# 1장

# 종갓집의 둘째, 그리고 딸

# 밖에선 별당 아씨, 안에선 가시나

기억이란 얼마만큼 신뢰할 수 있을까? 내가 가진 기억은 전부 실제로 일어났던 일일까? 일어났다면 왜곡 없이 내게 저장되었을까? 내릴 수 있는 답은 전부 아니다, 이다. 그럼 도대체 왜 기억이란 것이 필요하고 복잡하고 정교하게 진화했을까, 의문이 아닐 수 없다. 길을 걷다 네잎클로버를 만나면 가져와 책갈피 사이에 넣어 고이 말려 둔다. 그 사실도 잊은 채 많은 시간이 흐른 뒤, 어느 날 펼친 책에서 발견하게 되면 뜻하지 않은 추억 여행을 떠나게 된다.

흔적 없이 사라진 수많은 세 잎 클로버처럼 대부분의 기억은 그렇게 흩어지고, 책갈피 속에서 말라버린 네잎클로버만 남아 추억이란 이름으로 되살아나는 것이다. 네잎클로버가 남아 있으니 딴 것은 확실하지만 언제 어디서 어떻게, 라는 항목은 완전히 신뢰할 수 없다. 어떤 추억을 가지고 살아내는가 하는 일은 자기 의지와 무관하지 않다. 인생에서 좋고 나쁜 기억을 선별하는 일은 각자 자신들 몫이다.

저장된 어릴 적 기억이 그다지 많지 않다. 몇몇 남은 기억들은 크면서 들은 것인지, 안개 자욱한 인생길 어느 모퉁이에서 내가 스스로 찾아낸 것인지 정확하지 않다. 어느 순간 들춰 본 책갈피 여기저기에 네잎클로버 한 장씩 고이 말라 있었고, 간간이 꺼내 들여다보며 살았다. 삶이란 가끔, 아니 자주 안개 낀 풍경을 데려왔고 그때마다 곱게 마른 추억들을 떠올리며 두려움을 떨치고 한 발 한 발 걸었다.

폭설로 아침에 방문이 열리지 않는다는 강원도 어느 산골짜기 집처럼. 너무 쟁여 두기만 한 기억 때문에 출입문이 막혀 오도 가도 못 할 때는 땅이 끝나는 곳으로 대양을 꿈꾸며 철썩이는 파도를 찾아 떠났다. 요즘은 걷고 있든 떠나는 중이든 추억이 될 시간들을 만들며 살자 생각한다. 기억이란 전부 다 믿을 순 없지만 내 삶을 담은 지도일 테니.

태어난 이후 '아무개 집 딸'이라는 사실이 항상 나를 따라 다녔다. 좁은 동네에선 어디를 가도 나를 알고 있었고, 내 의사나 현실 따위와는 상관없이 그저 부잣집 철없는 딸이었다가, 어쩌다 태어난 집안이 좋아 대접받고 사는 족속이었다가, 그들 편견이 어디로 뻗치더라도 그 집 귀한 딸이란 건 변하지 않았고 늘 불편한 관심 속을 떠돌아야 했다.

집에는 한 해하고 5일을 먼저 태어난 오빠가 있었고, 둘째인 것만으로도 당연했던 시절인데 종손인 오빠를 두고 태어난 가시나에게 차별이란 건 놀라운 일도 아니다. 밖에선 귀댁의 영애, 안에선 차별받은 가시나, 이것보다 더 정확하게 나를 표현할 수 있는 말은 없다. 전 생애를 관통하며 나를 이리저리 끌고 다닌 실체는 그것이었다. 둘 다 부정하느라 이리 채이고 저리 뒹굴며 곪고 썩고 문드러진 뒤에야 알아챈 것이다. 귀댁의 영애라는 말은 영광이 아니었고, 둘째이고 딸이란 자리는 절로 생채기가 많았다.

자본이 지배하는 세상에서 봉건 사회 별당 아씨 취급을 받는 것도, 나는 사람으로 태어났는데 오빠랑 다른 대우를 받아야 한다는 것도 인정할 수 없었다. 아무 일도 아닌 척 그러려니 넘기는 것 말고 다른 방법을 알지도 못했다. 모든 것에 그냥 안착하고 적응하는 내가 있기를 바랐는지도 모른다. 실상은 그 어느 것도 적응되지 않았고, 부정하고 저항하고 좌절하고 일어나는 수 없는 과정을 겪은 지금에야 귀댁의 영애도 차별받는 딸도 아닌 정순임으로 살아내기 위해 애썼다는 걸 안다. 나는 사람 정순임이다.

# 뚝배기보다 장맛

우리 땅을 밟지 않고는 동네를 지나갈 수 없었으니 가난하지 않은 집에서 태어났다. 15대를 한 곳에 터 잡고 살았고, 누구라도 아 그 집! 할만한 봉건시대 양반집에서 살았다. 태어난 시기가 자본주의였다는 건 좋은 징조는 아니었지만, 먹는 거 입는 거 부족하지 않았고, 집안일을 도와주시는 분들도 늘 있었다. 우리 동네에선 아니 동시대를 놓고 따져봐도 좋은 환경에서 태어나 자란 것이 사실이다. 그러나 나는 어릴 때 동네 사람들한테 주워왔다는 소리를 많이 들었다.

그 시절이야 워낙 그런 말이 흔했고, 대수롭지 않게 하고 별일 없이 지나쳐야 하는 말이었을 테지만, 오빠한테는 하지 않는 그 말을 나한테만 하는 동네 사람들이 미웠다. 태어나면서 세상을 다 가진 울 오빠, 남의 집 종손한테 그런 말을 하지 않았던 사람들은 둘째로 태어난 딸인 내게는 그 말을 해도 괜찮겠다 싶었을까. 우리 엄마는 아버지를 닮아 피부는 검고 이쁘지도 않았던 내게 그 놀림이 그저 흔한 농담이라고 생각했을까.

네댓 살쯤이었나 보다. 그날도 그 말을 들었고, 골이 잔뜩 나서 아버지가 오실 때까지 꼼짝도 하지 않고 기다리고 있었다. 아버지가 돌아오시자마자 쫓아가서 미주알고주알 다 일러바쳤다. 난 그 말이 진짜로 들기 싫었으니까. 안 그래도 오빠한테는 뭐라 하지 않으면서 나만 야단치고, 맛있는 닭똥집은 오빠만 주는 일이 몹시도 억울했는데, 주워왔다는 말도 나만 들어야 한다니 도저히 참을 수가 없었다.

아버지는 "뚝배기보다 장맛이라고, 우리 딸내미가 나중에 커서 결혼식장에 손잡고 들어갈 때는 저거 어메보다 인물이 훨씬 나을 낀데, 앞으로 야아 듣는데 그런 말 하지 마소!" 동네 사람들한테 말씀하셨다. 결혼식은커녕 국민학교 졸업도 못 보고 돌아가신 아버지는, 당신을 닮은 딸이 아직도 엄마에겐 택도 없이 못 미치는 미모를 가지고 있다는 것을 모르시니 그게 다행이라면 다행이다.

바깥에서 일어나는 일에는 언제나 바람막이가 되어준 가족들이지만, 집안에서는 할아버지와 엄마에겐 오빠가 최우선이고, 아버지는 남동생을 캥거루처럼 끼고 다니셨다. 그러려니 했으면 좋았을 텐데 타고난 기질이었는지, 차별 속에서 싹을 틔운 자존심이었는지 조금 자라 초등학생이 된 뒤에는 엄마가 회초리를 때려도 잘못하지 않은 일에는 울지도, 도망가지도 않고 다 맞아내는 방법으로 반항을 시작했다.

오빠가 초등학교에 들어간 기념으로 사들인 거였을 것이다. 집에 60권짜리 세계명작 전집(지금처럼 어린이들 읽도록 만든 동화책이 아니라 중학생들이나 읽을 수 있는 작은 활자)이 생겼고, 어떻게 누구를 위해 사 온 것이든 나는 책을 읽는 게 참 좋았다. 『흰고래 모비딕의 모험』, 『톰 소여의 모험』, 『소공녀』, 『노인과 바다』, 『톰 아저씨의 오두막』…, 뭐 그런 제목을 가진 책들을 읽고 또 읽으며, 엄마한테 야단을 맞은 날이나 닭똥집을 못 얻어

먹어 억울했던 날에는 세상 어딘가에 내 친엄마가 있을지도 모른다는 상상을 하고, 언젠가는 크고 멋진 배를 타고 태평양을 건너는 꿈을 꾸며 잠이 들곤 했다.

대처에 나가 학교 다니면서 가족이 아닌 사람들과 어울려 살게 되었다. 딸만 여럿이라 막내 남동생이 태어났을 때 집에 무슨 보물이 온 줄 알았다고, 그 방에는 들어가지도 못했다는 친구도 만났고, 오빠 공부시켜야 한다고 야간 고등학교를 진학하는 친구도 만났다. 하물며 오빠보다 더 좋은 대학에 들어갔다고 구박을 받은 친구도 있었다. "너는 나보다 낫잖아." 숱한 사람들에게 그 말을 들었지만, 그 모든 것이 다 부당한 일일 뿐 어떤 게 더 나은 일은 아닌 것 같았다.

딸은 공부를 시키지 않아도 된다고 생각하지도 않았고, 닭똥집, 뭐 그런 별식 외에는 먹을 게 없어 배를 곯은 것도 아닌데 내 상처도 지금껏 아프다고 말하면 안 되는 것일까? 동시대 다른 사람들보다 더 나은 환경에서 태어나 자란 탓에 생긴 자존감이라면, 그 환경 속에서 긁힌 자국은 서둘러 숨겼어야 하는 게 맞는 일일까? 지금까지도 답을 찾아내지는 못했다. 그러나 하나하나 펼쳐 써 내려가다 보면 답이 불쑥 튀어나오리라 믿고 있다.

자존감이란 매 순간 닥쳐오는 일들을 직시하고 정면으로 도전하고 해결해 나가면서 충전되는 것이기에, 별나다는 소리를 들어야 조금이라도 채울 수 있는 현실이기에, 타인에게 슬그머니 기대 서 있다고 공급받을 수 있는 것이 아니기에, 지금까지 그랬던 것처럼 멈추지 않고, 아니 더 부지런히 자가 충전기를 돌리며 살아야겠다.

# 아버지, 내 첫 번째 남자

아홉 살 봄까지가 마지막이었던 아버지와 추억은, 많지 않지만 강렬한 색채로 남아있다. 내 첫 번째 남자, 그 넓은 품은 고향 마을과 똑 닮았다. 아버지는 서울 살던 이모를 시켜 백화점에서 원피스를 공수해 와 나한테 입혔고, 동네 사람들이 주워왔다고 놀리면 내 편을 들어 그런 말 다시는 하지 말라고 말씀하셨다. 딱 한 번 아버지와 어머니가 싸우신 날은 제발 아이 좀 때리지 말라는 게 이유였단다.

엄마는 아이를 회초리를 대서라도 가르쳐야 한다고 생각하셨고, 아버지는 말로 해도 다 알아듣고 자란다고 생각하셨다. 엄마에게는 유독 나만 야단을 맞았다는 억울함이 있지만, 아버지한텐 한 번도 그랬던 기억이 없다. 남동생이 태어나자 하도 그 아일 끼고 다녀서 캥거루 부자라고 소문이 났으니, 아버지도 온전히 내 편만은 아니었지만 말이다.

어머니는 엄한 분위기였던 외가와는 달리 결혼을 하고 우리집에 오니 참 따뜻했단다. (그랬으면 나는 안 때렸어야지!!) 국수만 밀고 있어도 할아버지는 "아가 니가 그런 것도 할 줄 알았더나?" 칭찬을 해주셨고, 결혼하고 나서도 아버지가 할아버지한테 곰살맞은 목소리로 이야기하는 것이 낯설고 우습기도 하셨다나.

짧았던 아버지와 날들 중 가장 선명한 기억은, 우리 여섯 식구가 전부 앞 냇가에 나가서 고기를 잡았던 날이다. 우리야 여름에는 눈만 뜨면 냇가에서 살았지만, 그날은 바깥일이 없으셨는지 아버지가 피라미 잡으러 가자고 온 식구를 소집했다. 엄마까지 종다리(싸리로 엮어 끈을 단 바구니 가방)를 들고 같이 나갔다. 족대를 들고 아버지가 밑에서 기다리면 우리는 그 위를 첨벙거리며 돌아다녔고, 얼마간 시간이 흐른 뒤 종다리엔 피라미가 여럿 들어앉았다.

집으로 들어와 마당 수돗가에서 손질을 마친 아버지는 안마루 끝에 곤로를 내놓고 프라이팬에 기름을 넉넉히 두르고 튀김옷을 입힌 피라미들을 가지런히 올려 튀겨주셨다. 아버지가 요리하는 일은 본 적이 없어서 더 신기했을지도 모르지만, 사르르 녹는 기름 맛에 온 가족이 함께 둘러앉았던 평화로운 저녁은 기억 속에 고스란히 박혀 있다.

말이 나온 김에 울 아버지 엄마가 싸운 그 날 이야기도 펼쳐본다. 내겐 '라디오'로 기억되는 날이다. 부모님은 큰소리를 내고 싸운 적이 거의 없다. 아버지 스물여덟, 엄마는 스물셋에 결혼하고, 아버지 서른여덟에 세상을 떠나셨으니 워낙 사신 세월이 짧기는 했다. 엄마는 당신이 다 참았다고, 성격이 불같은 아버지가 윽! 하고 소리 지르시면 가만히 있다가 시간이 좀 지난 뒤 당신이 그때 그랬던 건 잘못된 거라고 조곤조곤 말하면 아버지가 허허 웃으시며 잘못을 인정하셨다고 하신다. (그렇다고 믿자. 기억은 남은 자의 특권이니!!)

그런 엄마 아버지가 딱 한 번 큰 소리를 내고 싸운 날. 높아진 아버지 목소리와 순식간에 부서진 미닫이창, 동시에 거름 더미로 날아간 라디오. 슬로비디오처럼 저장된 그 날. 사랑방에서 마당 쪽으로 난 문은 안에는 미닫이가 밖에는 여닫이가 있었고 화가 난 아버지는 그 문을 열려다 밀쳐진 바람에 미닫이문은 부서졌고, 옆에 놓인 라디오는 잘못한 일도 없이 허공을 가르며 거름 더미에 떨어지고 말았다.

"근데, 엄마 그때 나 어릴 때 아부지랑 엄마랑 싸웠잖아. 왜 그랬대?" 어른이 되어 물었더니 침묵하는 엄마 대신 오빠가 "그때 아부지가 엄마한테 너 자꾸 때리고 개한테 모질게 하는 거 참을 수가 없다고 해서 싸운 거잖아" 한다. 엄마가 다른 말이 없으신 걸 보니 오빠 말이 맞는가 보다. 그랬구나, 나는 몰랐는데 오빠는 참 많은 걸 알고 있네.

그날 내겐 싸움의 원인이나 그런 것보다 날아간 아버지 라디오가 더 걱정이었다. 아버진 늘 라디오를 켜놓고 주무셨고, 라디오가 없으면 어떡하지 하는 마음에 발딱 일어나 거름더미로 달려갔고, 라디오를 주워 묻은 오물을 털고 안방에다 가져다 놓는 데만 정신이 팔려있었다. 아버지가 그날 그래서 엄마한테 큰소리를 내신 거란 소리를 들으니 마음에 생채기 하나가 아물었다. 어쩌자고 우리를 두고 서른여덟에 서둘러 사당으로 가셨는지. 난 우리 아버지 돌아가신 서른여덟을 한참 한참 지나 환갑을 향해 가고 있다.

## 따뜻했던 사람들의 기억

국민학교 들어가기 전이니 대여섯 살 되었을 때다. 산골 마을에는 오가는 사람이 없었고, 제사나 명절 때 일가친척들 모이는 것 말고는 외지인 구경하기가 하늘의 별 따기보다 힘들었다. 혹여 동네에 엿장수라도 들어온 날이면 뒤를 졸졸 따라다니며 이것저것 묻고는 했다. 그들 누군가 전해주는 대처 소식이 무에 그리 궁금했는지.

그날 엄마는 어딜 가셨는지, 일하는 분들도 다 어디를 가셨는지, 그렇지않아도 겨울 초입인데 집이 더 썰렁했다. 안방에 있다가 식구들을 찾아 사랑마당으로 나서는데 사랑 부엌 앞에 웬 여자 어른이 한 명 앉아 잔불을 뒤적이고 있었다. 왈칵 반가운 마음에 다가가 어떻게 오셨냐고 어디서 오셨냐고 조잘조잘 물었는데 눈을 내리깔고 대답을 얼버무린다. 날은 춥고 이래서는 안 되겠다 싶어 일단 추우니 방으로 들어가시자고 그분 손을 잡고 끌었다.

아침저녁 쌀쌀하긴 했지만, 장갑도 아니고 양말을 양손에 칭칭 동여매고 잡으려는 내 손을 자꾸만 밀쳐내는 그분이 이상하지 않은 것은 아니었지만, 큰집에서 손님 대접하는 것을 보고 자란 나는 아랑곳하지 않고 안방에다 그분을 모셔다 놓고, 옆집에 무섭아지매를 부르러 갔다.

"아지매! 손님 왔어." 내 소리를 듣고 집으로 들어온 아지매는 안방 문을 열다 말고 얼어붙어 나를 당신 뒤로 돌려세웠다.

"안 들어올라 캤는데, 밖에서 밥 한 덩이만 얻어먹고 갈라고 왔는데, 아가가 자꾸 잡아끌어서…." 주섬주섬 일어나는 그분을 보며 아지매는 정신을 챙기고, 일단 들어오셨으니 요기나 하고 가시라고 밥상을 차려 주었다. 시간이 지난 뒤 어느 날, 무섬아지매한테 "아지매! 그때 내가 손님 왔다고 아지매 부르러 갔던 거 기억나나?" 물었더니 "그럼 기억나고 말고, 나환자를 방에 떡 데려다 놓고 부르러 왔는데 참 기가 멕히더라" 하신다.

그때만 하더라도 나병이 전염병이라고 믿었고, 한센인들이 아이들 간을 빼 먹는다는 소문이 돌았으니, 나환자 손을 잡고 방으로 데려온 행동에 넋이 나갈 만도 했으리라. 아지매가 워낙에 불심이 깊은 탓에 그나마 밥이라도 차려 먹여 보냈던 거다. 그 이후로 부산으로 이사 가신 아지매는 만날 때마다 그 이야기를 하신다.

그날 그 여자분 손에 끼워져있던 낡은 양말이 생각나서 사는 동안 자기 잘못 아닌 것으로 고통받는 사람들에 대해 편견을 가지지 않으려고 노력한다. 병이 들었을 뿐인데 아무도 가까이 오려 하지 않는 삶이 오죽 고달팠을까 싶었고, 자기는 아무런 죄가 없는데 외모나 다른 어떤 이유로 고통받는 사람이 없었으면 좋겠다고 생각하기 때문이다.

자연 말고 아무것도 없는 산골짝에서 나고 자라 자본을 늦게 배워서 다행이라 믿는다. 딸아이가 안동 성좌원(한센인 마을) 비워진 교회 건물에 젊은 작가들을 위한 전시 공간을 만드는 프로젝트를 맡았다는 이야기를 듣고 그날이 생각났다. 다시 그날이 온다 해도 아지매 부르러 갈 거다.

나는 우리 친할머니를 뵌 적이 없다. 아버지 어릴 때 돌아가셨고 할아버지는 재혼하셨다. 내가 우리 할매에 대해 아는 것은 어른들한테 들은 것뿐이고 그중 대부분은 작은할매가 해주신 이야기다. 우리 할매는 인동장씨로 남산댁으로 불렸다. 우리 할매와 작은할매는 둘 다 친정 살림이 넉넉했단다.

우리 할매는 자녀를 열 명인가 낳으셨는데 대부분 돌도 되지 않아 죽고 큰아버지, 고모, 우리 아버지 이렇게 세 명만 성장했다. 한두 번도 아니고 그런 일을 연달아 겪은 할매는 마음에 병이 들었고, 일찍 돌아가셨다. "동서네 아이는 잘 크는데 나는 무슨 죄를 지어서 이런지 모르겠다"고 당신 손을 잡고 그렇게 우셨다는 이야기를 하며 작은할매가 울면 어린 나도 같이 따라 울곤 했다.

우리 할매가 솜씨는 있었는데 당신이 직접 일을 하시지는 않았다. 동서들 시켜 바느질하고 일하는 사람들 적재적소에 투입해서 큰 살림 지휘를 잘하셨단다. 그래서 할아버지 바지저고리, 두루마기, 도포는 늘 작은할매가 지어야 했다. 그 시절 종손들은 출입(다른 집안 여기저기 다니시는 일)이 주업이었고, 할아버지 나가실 때는 말쑥하게 입성을 준비해야 했기에 작은할매는 늘 바빴다.

우리 할배는 불쌍한 사람들은 보면 그냥 못 지나치시고 입었던 두루마기니 도포니 다 벗어주고 오시기가 일쑤였다. 할아버지 돌아오실 때면 먼발치에서 이번에는 어디까지 입고 오시나 살폈다는 작은할매는 바지저고리만 입고 들어오시는 할배를 확인하면 가슴이 쿵 하고 내려앉고, 다시 언제 두루마기랑 도포를 다 짓나 한숨만 나왔더란다. "할아버지한테 힘드니까 옷 벗어주지 말고 오시라고 말하지 그랬어" 했더니, 시아주버님이 하신 일에 그런 말을 할 수도 없었지만 불쌍한 사람들한테 벗어주고 오신 그 마음도 이해가 가서 다시 옷을 지었단다.

할매 살아계실 때는 제사 전날이면 동네 사람들이 아이들까지 다 데리고 들어와서 제사 준비를 했다. 마당에서 솥뚜껑 뒤집어 적 굽고, 작은 부엌에선 시루떡 찌고, 마당 한쪽에선 떡을 찧었다. 작은할매가 안방에서 안마당을 향해 난 창문을 열어두고 있자면, 우리 할매가 "동서 문 닫게. 사람들 목 멕키겠네" 하셨단다. 먹고 살기 어려웠던 때니 제사 음식을 해서 먼저 자기 아이들 먹이고 집에 가져갈 것도 싸놓고 해야 하는데 주인이 보고 있으면 아이들 급히 먹이다가 목에 걸릴까 염려하신 것이다.

나는 '인근에 밥 굶어 죽는 이가 있는 것은 부끄러운 일'이라고 생각하고 사셨던 우리 선조들이 계셔서 다행이라고 생각한다. 제수씨 힘든 거 생각지 않고 저지르시기는 했지만. 추위에 떨고 있는 사람을 만나면 두루마기를 벗어주신 할아버지가 내 할아버지라서, 사람들 생각해서 안방 창을 닫은 우리 할매가 내 할매라서 좋다. 우리 동네는 동학의 물결 한가운데 있었다. 동학을 연구하는 선생님들이 조사를 하러 왔다가 우리집에 들렀을 때 한 분이 "그 와중에 이런 기와집이 불 안 타고 남아 있다는 게 놀랍습니다" 하더란다. 오빠가 대답했단다. "그만큼 독한 잘못은 안 하고 사셨겠지요. 저희 조상들이."

# 봄이면 과수원 나가신다 해놓고

우리 할배는 일곱 살에 큰집에 양자로 오셨다. 25대를 상주에서 터 잡고 살면서 양자를 들인 건 할아버지 대에서 처음 있는 일이었다. 딸만 두신 큰아버지 집으로 작은집 큰아들이었던 우리 할배가 들어가신 것이다. 할배는 대문에서 마당을 거쳐 들어가실 때 무명천 깐 길을 밟고 들어가셨단다. 그렇게 할아버지는 우복종가 14대 종손이 되셨다.

할아버지는 자정(子情)이 많으신 분이셨다. 유독 오빠를 더 이뻐하신 것은 사실이지만 다른 손자 손녀들을 미워하신 것은 아니라고 믿는다. 할아버지는 내가 태어나자 바로 이름을 지어 오셨단다. 할아버지도 한학을 하셨지만, 자손들 이름 지으러 다니신 집이 따로 있었나 보다. 논 두어 마지기 값을 주고 지어 오신 이름을 받아들고 어머니 아버지는 아주 난감했단다. 순남, 순분, 순임. 아니 그 작명가 양반은 순할 순자 안 들어가는 이름은 구경도 못 했는지 나 원 참!! 어쨌든 어른이 지어 오신 이름을 안 쓸 수도 없고 엄마 아버지는 고민에 고민을 거듭한 결과 그나마 순임이가 덜 촌스러운 거 같아 그 이름을 택했다나.

밑에 남동생까지 이름을 지어 오신 할아버지는 막내 여동생 이름은 안 지어 오셔서 부모님이 그냥 지으셨단다. 아 할배 쫌! 촌스럽더라도 막내 이름도 지어 오셨어야지. 이렇게 일관성이 없어서야 원. 무조건 할배가 잘못하신 거지만 그에 따른 반전은 어쨌든 막내는 그 작명소를 피해간 덕분에 안 촌스런 이름을 가졌다는 거다. 돈 들여 지은 이름이 이게 뭐냐고 작명가 양반 찾아가자고 농담을 하면서 자랐지만 나는 우리 할배가 지어다 주신 내 이름이 싫었던 적은 한 번도 없었고, 나이가 들수록 좋다.

그 시절에 논 두어 마지기 값 내고 이름 지은 사람 있으면 나와 보라 그래! 덕분에 자존감을 키웠고, 오빠만 데리고 나가 바나나를 사 먹이신 할아버지 덕분에 저항정신(?)을 기를 수 있었으니 다행이라 생각할 요량이다. 대학 때 우리집에 놀러 왔다 안방에 걸려 있던 할아버지 사진을 본 친구가 "동시대에 살아서 만났으면 사랑에 빠졌을 얼굴"이라고 극찬을 했을 만큼 신수가 훤하셨던 울 할배가 속절없이 보고 싶은 날이 자꾸 늘어간다.

여름이면 한 달에도 서너 번 드시는 제사에는 음식이 많다. 그런데 꼬맹이들은 제사상에 잘 차려진 음식이 탐이 난다. 울 엄마, 할매, 아지매들이 얼마나 고생해서 괴었을 텐데, 나는 꼭 제상 위에서 위풍당당 자리 잡은, 제기 위에 층층이 쌓아둔 추자(호두)를 빼먹곤 했다. 그걸 보신 할배는 왜 담아 놓을 걸 먹냐고 야단치지 않으셨다. "에이 고년!" 웃으시며 한마디 하셨을 뿐. 그 눈에는 사랑이 담겨 있었다. 그렇게 믿을 거다.

우리 친할머니가 일찍 돌아가시고 재취를 하신 할배는 두 할머니에게서 열여섯 명의 자녀를 두셨는데 그중 어른이 된 사람이 일곱이었으니 어린 자식들을 줄줄이 앞세운 당신께 자손들이 얼마나 귀했겠는가. 그중 어린 나이에 당신 뒤를 이어 종손이 되어야 할 오빠에 대한 애정이 차고 넘치고 과했다 해도 그닥 이해 못 할 일도 아니긴 하다.

할아버지는 내가 중1이었던 여름 어느 날, 중풍으로 쓰러지셔서 중3 개학하고 며칠 있다 돌아가셨다. 방학이면 오른쪽을 못 쓰시는 할아버지 밥도 떠먹여 드리고, 틀니도 빼서 씻어 드리고 얼굴도 씻겨 드리고 했다. 자손이라 당연히 해야 하는 일이었는데, 방학이라 집구경을 왔던 우리 학교 선생님 한 분이 그 장면을 보고 효행상을 준다고 해서 얼마나 부끄러웠는지, 절대로 안 받는다고 상을 물렸던 기억이 난다.

할아버지는 집에만 있기 답답하셨는지, 할매가 거기 있어 그러셨는지, 중2 겨울 방학 때는 공검에 있는 제실로 나가계셨다. 할아버지 수발하느라 나도 거기 있었다. 할매는 할아버지 틀니는 도저히 못 닦겠다고 하시고 일하는 언니는 집안일을 할 뿐 할아버지 손발이 되어드리지는 못하니 내가 간 것이다. (세상 둘도 없이 귀한 손자가 해야 하는 일 아님?) 어쨌든 겨울도 잘 지내고 봄방학에 또 할배한테 갔는데 내 손을 잡으시고 "날 좀 일으켜 봐라" 하셨다. 부축해서 마루로 나왔더니 집 앞 배 과수원을 보시면서 "내가 봄이면 저어 나갈 수 있을 거 같은 기분이 든다"고 하시는데, 그 말이 눈물이 나도록 좋았다.

3학년 새 학기가 시작되었고, 채 일주일도 지나지 않아 학교로 연락이 왔다. 할아버지께서 돌아가셨다고. 담임 선생님이 집에 빨리 가라고 하시는데 '이런 게 어딨어, 봄이면 과수원에 가신다고 해놓고 이런 게 어딨어.' 되뇌고 되뇌며 눈물범벅으로 집에 갔던 기억이 생생하다. 매사에 공평하시지는 않으셨지만 그래서 상처도 받았지만, 미움보단 그리움을 남기고 돌아가는 것이 부모 조상 자리인가 싶다.

할아버지는 한때 서울에서 한약방을 하셨다. 한의사 두고 하신 거지만 규모가 꽤 있었던 모양이다. 물론 내가 태어나기 전 일이고 들어서 알고 있을 뿐이다. 할아버지는 여러 증상에 좋은 약재를 많이 가지고 계셨고 엄마가 임신하셨을 때 복중 태아와 산모에게 좋은 한약을 지어다 주셨단다. 덕분인지 오빠에 이어 나까지 한약을 먹고 건강하게 잘 태어났다.

그런데 우리 남동생을 임신했을 때 할아버지께서 딸아이가 너무 시커멓고 기골이 사내처럼 장대하니 보기에 그렇더라고 하시면서 사람을 불러 복중 태아가 아들인지 딸인지 진맥을 하셨단다. 그 한의사가 딸이라고 했고, (작명가 양반과 함께 그 한의사도 찾아 나서야 할 판이다) 우리 남동생은 보약을 얻어먹지 못하고 태어났다. 그런 연유로 울 할배는 유난히 위로 둘과 달리 엄마를 닮아 혈색은 뽀얗고 곱상하게 생긴 손자를 얻으셨다. 그런데 그 동생은 하루가 멀다 하고 경기를 하고 몸이 너무 허약했다.

엄마가 우리 막냇동생을 임신했을 때 할아버지는 아들이고 딸이고 건강한 게 우선이라고 또 그 약을 지어주셨단다. 막내도 그 덕인지 건강하게 태어났다. 우리 네 남매 중 밑에 남동생만 엄마를 닮고 나머지 셋은 다 아버지를 닮았다. 아마도 할아버지가 지어 오신 그 태중 보약은 아버지를 닮게 하는 효과가 있는 약이었나 보다.

남동생이 태어나던 날은 자다가 안방에서 쫓겨났다. 아침 7시 몇 분에 태어났으니 쫓겨난 시간은 12시에서 한두 시 사이일 것이다. 영문도 모른 채 자다가 사랑방으로 옮겨진 나는 문고리를 붙들고 통곡을 하고, 오빠는 조용히 삼촌 파카 만년필을 꺼내 벽에다 쿵쿵 찧으며 억울함을 호소했다. 그렇게 아침이 밝아 오던 겨울 어느 날, 뽀얗고 예쁜 아가가 울 집에 왔다. 아버지 닮은 오빠와 나랑 달리 이쁘다고 소문난 엄마를 닮은 아이는 몹시 허약했고 자꾸만 경기를 일으켰다.

"니가 시커멓고 사내같이 기골이 장대하게 태어나는 바람에 니 동생이 보약을 못 얻어먹었잖아." 의미 없이 던졌을지도 모를 그 말은 나 때문에 남동생이 약을 못 얻어먹어 자꾸 아픈 거 같다는 생각을 하게 했고, 동생한테 미안했다. 동네 사람들이 떡개구리가 좋다고 하는 말을 듣고 떡개구리를 수도 없이 잡았다. 그렇게 손에 들려온 떡개구리는 몸통을 떼어내고 다리만 구워 남동생 입으로 들어갔다. 개구리야 미안해.

한약 땜에 피부가 검어졌을 리 만무하고 당신 아들 피부가 검어서 아들 닮아 그렇게 태어난 손녀를 유전자 탓을 했어야지 왜 여자 탓을 하셨는지, 지금도 오빠랑 나는 아주 똑 닮았는데 아들인 오빠는 시커멓게 태어나도 이쁘기만 하셨으면서 왜 나한테 그러셨는지 이해할 수가 없다. 아 놔! 진짜! 내가 시커멓게 태어나서 내 동생이 약을 못 얻어먹은 게 아니라, 말도 안 되는 편견으로 동생에게 약을 먹이지 않으신 거잖아요.

그런데 왜 나는 그 이야기를 들으면서 죄책감을 느껴야 했던 것인지. "니가 시커멓게 태어나서…." 내게 상처 주려고 일부러 그렇게 말했다고 생각하지는 않는다. 겉으론 그러려니 했으면서 그 말 속 작은 분위기를 예민하게 끌어안은 건 나 자신이었을 테니까. 그러나 난 다 자랄 때까지 그 말에서 자유롭지 못했다. 고등학교 때 이미 168센티미터로 성장했던 나는 여자가 기골이 장대하다는 소릴 들을까 봐 어깨를 움츠리고 다녔고, 시커먼 피부를 가진 나도 예쁜 사람이란 걸 한 번도 생각하지 못했다. 조그맣고 귀여운 친구들이 늘 부러웠다.

대학을 들어가면서, 세상 사람들이 여자이기 때문에 무턱대고 당한 일들이 많았다는 걸 인지하면서, 나에게 집중했던 책임 소재를 분산하기 시작했다. 아이를 낳아 엄마가 되면서 완전히 그것에서 벗어날 수 있었다. 어느 날 길에 나가봤더니 나보다 키가 큰 젊은 친구들이 하이힐을 신고 어깨를 쫙 펴고 다니고 있었다. 나는 그때 처음으로 5센티미터 굽이 있는 구두를 샀다.

# 예기치 않았던 일들

어릴 때 할머니가 고모 삼촌들과 살림나셨던 대구집에 아버지 어머니를 따라 가끔 갔었다. 그때는 서너 살쯤이었으니 우리 남동생이 있었는지 어땠는지는 모르지만, 어쨌든 아버지랑 엄마랑 오빠와 나는 함께 갔다. 대구 그 집은 마루를 지나면 방과 방을 미닫이로 구분한 공간이 있었다. 그 방 어딘가에서 우리 오빠와 나는 가위를(왜 하필!) 가지고 놀고 있었다.

서로 자기 거라고 실랑이를 벌이다가 내가 가위를 확 낚아채 아랫목으로 휙 돌아앉았는데, 가위를 뺏긴 오빠가 뭐라고 뭐라고 나한테 불만을 이야기했나 보다. 그걸 우리 동네 말로는 '기주굴거린다'고 하는데, 한참을 듣다가 화가 났는지 어린 순임이가 오빠를 향해 가위를 휙 날려 버렸단다.

옛날 주물로 맞춘 가위는 무겁기도 하거니와 크기도 어마무시했다. 그것이 표창처럼 날아가 오빠야 이마에 탁 꽂혔단다. 오빠를 업고 옆에서 잡고 온 식구들이 병원에 다녀오는 동안 난 뭘 하고 있었는지 기억나지 않지만, 오빠는 병원에서 찢어진 부위를 꿰매고 돌아왔다. 명백한 잘못 앞에 종아리 맞을 각오쯤은 하고 있었을 텐데 이상하리만치 식구들은 조용했고, 아무도 내게 뭐라 하는 사람이 없었다. "지도 얼매나 놀랬을 낀데…." 어른들이 하는 말을 어렴풋하게 들었을 뿐.

아직도 우리 오빠 이마에는 그때 상처가 남아있다. 오빠는 "너 나한테 올 때 맛난 거 사 와라." 머리를 쓸어넘기고 이마 상처를 한껏 드러내며 말하곤 한다. 한 살 터울인 우린 오빠가 중학교 가기 전까지는 키도 내가 컸고, 몸무게도 더 많이 나갔고, 팔씨름도 내가 이겼다. 그러니 서너 살 때 오빠는 나한테 가위를 뺏기고 상처도 남은 거다. 아이가 무슨 생각이 있어 한 행동은 아니었을 테지만, 참 그때부터 한 성깔 했구나 싶다. 오빠야 내가 집에 가서 오빠 좋아하는 카레도 해주고, 감자도 아삭아삭 맛있게 볶아줄게. 조금만 기다려. 미안했다.

오빠가 네 살. 내가 세 살. 아직 동생 둘은 태어나지 않았을 때. 설음식 준비를 하느라. 참나무 숯을 화로에 담아. 안방에서 밤껍질을 불에 그을려 벗기고 있었단다. 어느 순간 우리 남매가 방을 데굴데굴 구르는데. 튀밥을 자루째로 안 준다고 골이 나서 그러려니 대수롭지 않게 여겼단다. 근데 동시에 조용해서 보니 둘이 축 늘어져 있더라나.

다 외출하시고 고등학생이던 삼촌만 있던 사랑에다 대고 엄마는 울면서 소리를 질렀단다. "되럼요! 우리 아아들이 다 죽었어요. 대미댁에 가서 무섬형님 좀 오라고 해요. 퍼뜩!" 연통을 들은 무섬아지매가 신발도 못 신고 쫓아와서 방문을 있는 대로 다 열고는. "야들이 참나무 가스에 중독됐는갑네, 새댁 동치미 국물 좀 떠오게" 하더란다. 그렇게 우리 둘은 깨어났지만, 혼이 빠진 엄마 눈은 며칠 동안 우리 둘만 따라다녔다 했다.

우리 큰아이가 태어나서 보름도 안 됐을 때였다. 젖을 먹던 아이가 사레가 들렸는지 잔기침을 하다가 갑자기 얼굴이 새파래진다. 몸조리를 친정에서 했던지라 겁에 질려 엄마, 엄마 목놓아 불렀는데 마당에 계시던 엄마가 방에 들어오는 그 시간 아이는 새까맣게 죽어갔다.

아이를 받아 안은 엄마는 정신없이 코를 빨기 시작했다. 빨고 또 빨고, 빨고 또 빨고 아무도 숨을 쉬지 않은 것 같은, 길고 길어 돌이킬 수 없을 것만 같은 시간이 흐르고 아이가 울음을 토해냈다. 엄마는 그제야 바닥에 풀썩 주저앉았다. 나는 온몸에 얼마나 힘을 주고 있었던지 경련이 일어 옴짝달싹도 할 수가 없었다. 아이를 놓치는 줄 알았던 시간은 억겁과도 같았다.

한참 시간이 지난 뒤 "너거 어릴 때 생각이 나서 너무 무서웠다"고 입을 뗀 엄마 눈엔 그제야 눈물이 흘렀다. 혼자 있었다면, 나 혼자 있다가 그런 일을 당했다면 나는 내 아이를 잡지 못했을지도 모른다. 그날 식구들은 밤새 잠들지 못하고 쌔근쌔근 자는 아이 얼굴만 들여다보고 있었다. 그 이후로도 며칠 동안 밤만 되면 오빠가 아이 옆에서 불침번을 선 것은 안비밀이다.

# 품이 넉넉했던 우천할매

지금 고향에는 우리 집만 남아있지만, 엄마가 신행 오실 때만 해도 꽤 여러 호가 살았단다. 거의 일가친척이었다. 일제의 강제 침탈로 조선은 무너지고 해방을 맞고 미국에서 자본이 이식된 이후, 봉건 사회 동성 마을은 더 이상 유지될 수 없는 지경에 처했다. 들에서 나는 곡식을 나누며 함께 살았던 사람들은 하나둘 도시로 떠났다.

친척 가운데 가장 오랫동안 곁에 남아있었던 사람은 우천할매다. 어릴 적 기억을 떠올리면 가장 따뜻해지는 지점에 늘 할매가 있다. 우천할매를 따라 뒷동산으로 솔가리를 끌러 갔던 날 맡았던 가을 냄새. 켜켜이 쌓인 낙엽들을 뒤적이면, 온 생애를 담았지만 야단스럽지 않은 은은한 향기가 코끝으로 전해져 왔고, 스르르 잠이 올 것 같은 나른한 기분에 빠졌다. "임아, 여서 잠들면 안된데이." 다급한 목소리가 두어 번쯤 지나가면 이내 솔가리 한 소쿠리가 가득했고, 짧은 나들이는 끝이 났다.

할매는 며느리인 무섬아지매와 바로 옆집에 사셨고, 아들과 손자들은 다 외지에 나가있었다. 학교 갔다 오는 길엔 늘 할매와 한참을 노닥거리다 집에 가곤 했다. 가게 하나 없는 시골 마을에는 엿장수들이 고물을 모으러 오거나 아주 드물게 아이스케키 장수들이 들리는 것 말고 외지의 달콤함을 맛볼 기회가 없었다. 어느 여름날 학교에서 돌아오는 길이었다. 사립문 밖에 나와 앉은 할매가 돌다리를 건너오는 우리를 목이 빠져라 바라보며 손짓을 하신다.

왜? 왜? 덩달아 바쁜 마음으로 뛰어가니, 왜 이제 오냐며 얼마나 기다렸는지 모른다고 서둘러 마루에 놓아둔 작은 단지 하나를 가져오신다. "오늘 아이스케키 장사가 왔는데 너거 오마 줄라고 내가 사서 여다 넣어놨다." 할매는 먹으면서 기뻐할 우리들 생각에 신나고 들뜬 표정으로 뚜껑을 열었다. 아아! 그 단지 안에는 흥건한 팥물 안에서 막대기들이 수영을 하고 있었다. "야들아, 내가 분명히 아이스케키를 넣어놨는데 이게 우에된 일이고! 와 벌건 물에 막대기만 둥둥 떠 댕기노!" 그때 할매 표정을 꼭 사진에 박아 두었어야 했는데….

우리 동네에는 초등학교 5학년 때 전기가 들어왔다. 그러나 텔레비전은 초등학교 1학년 때부터 있었다. 아랫마을 자전거방에서 밧데리를 충전해 와서 텔레비전에 꽂으면 충전된 만큼 볼 수 있었다. 우천할매가 세상 신기해하던 텔레비전이었다. 우리집에서 같이 저녁을 먹던 어느 날, 텔레비전에서도 저녁 먹는 장면이 나오는데 카메라를 옆으로 비춰 상에 어떤 음식이 있는지 보이지 않는다. 우천할매는 밥을 먹다 말고 일어나 텔레비전 앞에 가서 위에서 내려보며 "야들은 무슨 반찬 먹는지 보자" 하셨다.

어떤 드라마에서 죽은 사람이 다른 드라마에서 다시 나오면 "아이고 죽은 사람도 다시 살아나네 참 신기한 물건이다" 하셨다. "할매 저건 그냥 가짜라고." 우리가 아무리 고함을 질러도, "아지맴요! 그건 그냥 연길씨더. 저 사람들은 연기자라 여도 나오고 저도 나오고, 여기서는 죽기도 하고 저서는 또 살고 그럽니더." 엄마가 아무리 설명을 해드려도 할매가 산 세월로는 도저히 이해할 수 없는 물건이었다. 텔레비전은.

우천할매는 열여섯에 시집올 때 담뱃대를 가지고 오셨고 평생 담배를 즐기셨다. 우리 아버지를 비롯한 아재들 우리 오빠들 세대까지 담배는 모두 할매한테 배웠다고 해도 과언이 아니었고, 모든 집안 사람들은 할매 드릴 담배를 사오는 게 불문율이었다. 하루는 집에서 같이 밥 먹으며 텔레비전을 보던 할매가 여고생들 흡연율이 늘고 있다는 뉴스를 듣고는 "저런, 아아들이 어쩔라고 저런다냐!" 하시더란다. 듣고 있던 엄마가 "아지맴, 담뱃대 갖고 시집오셨다 하셨지요. 그때 아지맴 나이가 지금 자들 나이였니데이" 했더니 허허 웃으셨단다.

마지막까지 우리 옆집에 사셨던 우천할매는 내 어린 시절 가장 친한 벗이었다. 우리는 눈 뜨면 할매 집에 가고 저녁 먹고 한밤중에도 깜깜한 길을 더듬어 할매한테 가서 놀다 오곤 했다. 워낙 큰 소리 한 번 낸 적 없는 성격도 성격이셨지만 늘 우리와 똑같은 눈높이로 이야기를 잘 들어주고 옛날이야기도 어찌나 잘해 주셨는지 할매 집에 가면 시간 가는 줄 몰랐다.

그중에 백미는 다섯 살 때부터 배우기 시작해서 여섯 살에 마스터한 화투였다. 민화투, 고스톱, 육백, 섯다까지 할매한테 몽땅 배웠다. 그뿐이 아니다. 화투패 떼는 것도 전부 전수했다. 열두 달 패, 하루 패, 끝

자리를 9를 만드는 그건 뭐라고 했는지 기억나지 않지만(아아! 갑오패였나보다) 하여튼 그 패까지 화투에 관한 모든 것은 초등학교 들어가기 전에 아주 확실하게 배웠다. 요즘 같으면 영재발굴단에 나가야 할 경지였달까.

하루 종일 할매 옆구리에 붙어 화투놀이에 도낏자루 썩는 줄을 몰랐다. 그러다 일곱 살이 되었을 때는 급기야 오빠들과 본격 대결을 하게 되었다. 우리 오빠랑 할매네 큰 손자 작은 손자인 두 오빠 그리고 나 이렇게 앉아 화투를 치면 할매가 옆에서 훈수를 두고는 했다. 1원짜리를 걸고 했던 그 화투에서 나는 한 번도 이긴 적이 없다. 승부욕에 불타 날이면 날마다 실력을 갈고닦았는데도 말이다.

나중에 알고 봤더니 오빠야 세 명이 저거끼리 온갖 눈짓 손짓을 주고받으며 날 속였던 거다. 물론 할매는 모른 척 눈감아 주었고. 엉엉. 아무리 해도 오빠들을 이길 수 없었던 나는 학교 들어가고 난 뒤에는 개과천선하고 화투를 끊었다. 진득하니 했더라면 김혜수 아니고 내가 그 영화 타짜를 찍었을지도 모르는데 생각하니 새삼 안타까운 일이다. 저런!!

내가 대학 다닐 때 막내 여동생이 중학생이었는데 읍내에서 학교 다니다 주말에 집에 와서 일요일 저녁에 나가곤 했다. 엄마 옆에서 하루라도 더 자고 싶은 마음에 월요일 아침 첫차를 타는 일도 종종 있었다. 그날도 월요일 아침 6시 50분 차를 타야 했는데 일어나 씻고 준비하다가 그날 우리집에서 같이 잤던 우천할매를 막 깨웠단다. "할매, 할매, 일어나 봐. 할매는 평생 새벽밥 먹고 학교 같은 데는 안 가봤지, 그케 편하게 살아서 될 일이 아니여. 나 갈 때라도 한 번 일어나 봐." 그 말을 들은 할매는 일어나 앉아 "그래, 그래가는 안 되지. 내 오늘 일나 앉았다" 하셨단다.

6촌 동서지간인 작은할매와 우천할매는 사이가 좋으셨다. 작은할매가 큰 아제 따라 대구로 나가 사신 이후에도 일 년에 서너 달은 우리집에 와서 계셨다. 여름이면 두 할매 사이에 누워 부채질을 받으며 이야기 듣는 재미가 쏠쏠했다. "옛날에 옛날에 영감 할마이가 살았는데…." 로 시작되는 이야기는 언제 들어도 재미지기만 했다.

그러다 어느 날 작은할매가 옛날이야기가 아닌 우천할매랑 새댁 시절에 상주 장에 갔던 이야기를 해주셨다. 그때는 버스가 없던 때라 우산재를 넘어 상주까지 40리 길을 걸어가셨단다. 장 구경이야 어른 아이 할 거 없이 재미난 일이라 할매들은 새벽 일찍 서둘러 장에 가셨는데, 우천할매가 야바위꾼들 앞에 서서 유심히 지켜보더니 갑자기 베팅을 하고 나섰단다. 작은할매가 말렸는데도 "새댁, 내가 가마이 본께, 저거는 내가 맞출 수 있을 거 같으니 기다려 보게" 하고는 한 판 두 판, 장 보러 가지고 간 돈을 다 잃었단다. 그날 이후 울 할배는 돈이 생기시면 "야바우할라만 필요할 테니 이거 대미댁(우천할매 시어머니 택호)에 갔다주고 오너라." 농담을 하셨다고 한다.

결국 작은할매 주머니를 털어 장을 보고 돌아왔다는 이야기를 다 듣고 우천할매한테 물었다. "돈 잃을까 봐 겁 안 났어? 할매가 우째 야바위꾼을 이길끼라고." 할매는 "딱 골라내서 맞힐 자신이 있었는데 왜 겁이 나노" 하시고는 크게 웃었다. 우천할매한테는 만사가 흐르는 대로 그냥 그랬다. 안달하는 일도 복달하는 일도 없이 물처럼 편안한 사람. 우천할매는 장에서 돌아오는 길에 야바위에 대한 기억 따위는 던지고 왔을 거다. 아마도. (암만! 장날에는 야바위지.)

우리 사 남매는 학교 다닌다고 다 외지에 나가고 그 큰집에서 일하는 사람들하고 살았던 우리 엄마는 지금도 말씀하신다. "우천아지맴 안 계셨으면 내가 여서는 못살았지. 아지맴이 늘 옆에서 봐주셔서 견디고 살았데이." 나는 진짜 이상하리만치 어릴 적 기억이 많이 남아 있지 않다. 남은 몇 안 되는 기억 중에 가장 많은 비중을 차지하는 건 우천할매와 있었던 날들이다. 슬픔이 건네는 말은 장맛비처럼 거셌지만, 고목으로 서서 안아주신 당신이 있어 견딜 수 있었다.

할매는 어느 하나 조급한 게 없었고, 늘 누구에게나 푸근한 사람이었다. 집에 가득 쌓인 곶감을 두고 할매네 집에서 먹은 감 껍데기는 어찌나 맛났는지, 잔불 끄집어내 삼발이 위에 석쇠 올려 굽던 고등어 냄새는 얼마나 황홀했는지, 영혼이 허기질 때마다 떠오르는 장면이다. 할매는 거의 백 살이 될 때까지 건강하게 사시다 며느리와 손자들이 있는 부산에서 돌아가셨다.

큰집에서 나고 자란 탓으로 온 집안 할매들이 다 당신 손녀만큼 이뻐해 주셨고, 엄마에게 야단을 맞은 날도 할매들 품에서 금방 잊곤 했다. 그중에서 최고는 늘 우천할매였다. 생각하니 대가족이나 동성마을을 구시대 유물이라고 폐기 처분하기에는 너무 아쉬움이 많다. 할매가 돌아가신 지도 오랜 시간이 지났지만 나는 아직도 가끔 잠들기 전에 할매한테 말을 건다. '할매 잘 있지, 나도 잘 있는데 오늘은 좀 슬펐어.' 뭐 그런 이야기들을 조곤조곤 떠들다보면 지쳤던 하루가 눈꺼풀과 함께 감기곤 하니까. 할매, 보고 싶다!!!

# 순하고 선했던 무섬아지매

무섬아지매는 우천할매 큰며느리다. 몸이 안 좋아 갈비뼈를 빼내는 큰 수술을 하고 요양차 시어머니 계시는 곳에 내려와 살았다. 방학이면 부산에 있던 아지매 자녀들이 고향으로 돌아왔고, 우리는 함께 뭉쳐 산천을 다니며 세상 부러울 것이 없었다. 겨울이면 집 앞 냇가에 꽝꽝 언 얼음을 깨서 얼음배를 탔다. 오빠들이 장대를 들고 노를 저으며 너도 올라오라고 손짓할 때는 겁이 나 물러나 있다가 시간이 지나 얼음이 녹기 시작하면, 하필 그때쯤 용기가 생겨 탑승하곤 했다. 얼음 배를 탄 시간이 어찌 됐든 함께 물에 빠져 들어왔다.

집에 가면 야단 맞을 것이 뻔한 우리는 우천할매한테 먼저 들렀고, 무섬아지매는 젖은 옷을 벗겨 솥뚜껑 위에서 말리고, 다 마르지 않으면 아지매 빨간 내복을 빌려 입고 집으로 가기도 했다. 세탁기도 없이 마당 수돗물로 빨래를 해야 했던, 그나마도 수도가 어는 겨울에는 냇가 얼음을 깨고 빨래를 했던 엄마와 아지매는 어땠을까. 지금 세탁기가 다 빨아주고 너는 것만도 귀찮은 일인데. 어쨌든 우리는 날이면 날마다 그런 일을 반복하며 살았고, 무섬아지매는 집으로 가는 길을 지켜주는 든든한 호위무사였다.

아지매는 아재가 돌아가시고 부산으로 살림을 옮겼고, 결혼하고 시집에서 살던 나는 사업을 한다는 아이들 아빠를 따라 부산에 가서 살게 되었다. 어느 날 단칸방에서 아이들 둘을 끼고 있던 나를 보러온 무섬아지매는 "너거 어매가 이걸 알면 얼마나 속이 상하겠노." 이리저리 눈물을 닦으며 내 손을 꼭 잡았다. 당신이 아파서 우산에 내려갔을 때 우리 엄마가 개도 잡아주고 해서 당신이 살았다고, 받은 것은 꼭 그 사람한테 안 갚아도 더 필요한 어딘가에 갚고 살면 된다고 하시면서 반찬도 해다 주시고 아이들 손에 돈도 쥐여주셨다.

삼 년 남짓 살다 우여곡절 끝에 부산을 떠났고, 이혼을 했고, 아이들은 자랐고, 그렇게 시간이 흐른 어느 날, 무섬아지매가 딸과 사위와 함께 안동 우리집에 다녀가고 싶다고 연락을 하셨다. 아지매 딸과 동갑인 우리 막내 고모까지 합세해 넓지 않은 아파트였지만 우리집에서 하룻밤을 지냈다. 간간이 만나면 "그래도 아이들 아빤데 니가 용서하고 다시 합치서 살아라" 하던 아지매가 그날은 내 손을 잡고 "참, 용하고 고맙다. 우째 이래 아이들 잘 키우고 잘 살았노!" 하셨을 때, 그제야 살아낸 날들에 대한 면죄부를 받은 기분이 들었다.

지난해엔 울 엄마, 나, 여동생, 내 딸, 여동생 딸 이렇게 다섯이서 무섬아지매 만나러 부산으로 여행을 다녀왔다. 엄마와 아지매는 옆집에서 함께 산 시절을 이야기하며 서로가 서로에게 고맙고 서로의 삶이 애처로워 쉬이 잠들지 못하셨다. 그 모진 세월 다 넘느라 두 양반 등은 굽고 다리는 뒤틀렸는데 이제 걱정할 게 없다며 마주 보고 웃는다. 어쩌자고 평생을 참고 참는 것만 하고 사셨는지, 그 인내가 달갑지만은 않은 딸은 잠들지 못하고 새벽까지 이어지는 그분들 이야기를 들었다.

당신이 살아있는 동안 죗값을 닦지 않으면 다음 생도 똑같을 거라는 믿음으로 평생을 선하게만 살아온 사람, 살면서 누군가에게 받은 선의는 그 사람이 아닌 다른 사람에게라도 꼭 갚아야 한다고 믿는 사람, 무섬아지매. 생각하고 싶지도 않았던 부산살이였는데 손을 잡아준 아지매가 있어 추억이란 이름으로 다시 들여다볼 수 있게 되었다. 암흑이라고만 믿었던 그 날들도 내 아이들은 자랐고, 웃음은 밝았다는 것을 떠올릴 수 있게 되었다.

## 삶과 죽음 속에서 나는 자랐다

여섯 살 되던 어느 날, 아버지는 셰퍼드 한 마리를 데리고 오셨다. 경찰견 영희가 우리집에서 새끼를 낳게 하기 위해서였다. 영희는 한 달쯤 지나 낳은 새끼들과 함께 경찰 조직으로 돌아가고, 한 마리가 우리집에 남았다. 그 아이 이름은 철수였다.

철수는 잘 먹고 잘 자랐고, 이내 우리랑 산과 들을 뛰어다니게 되었다. 그때 우리 상방에 세 들어 살던 오빠 1학년 담임 선생님이었던 김영종 선생님과 오빠와 나 그리고 철수는 아침이면 백호동까지 달리기를 했다. 그렇게 우리들끼리 꿈같은 시간이 1년쯤 흘렀을까. 국민학생이 되어 오빠랑 함께 학교 가기 시작했던 어느 날, 하굣길에 어디선가 뛰어와 함께 집으로 가야 할 철수가 보이지 않는다. "엄마! 엄마! 근데 철수는?" 마루에 가방을 놓자마자 숨넘어가게 물었는데 아무런 대답이 없다.

철수는 우리가 학교에 가 있는 동안 쥐약을 먹었고, 이미 돌아올 수 없는 강을 건넜다. 늘어져 있는 철수를 일꾼 아저씨가 데리고 왔고, 오빠와 나는 철수를 묻어주러 가야 한다는 발걸음을 막고 앉아, 뻣뻣하게 굳어버린 철수를 쓰다듬고 쓰다듬으며 울고 또 울었다.

변변한 구멍가게도 없던 어린 시절엔 아버지가 대처에서 사 오신 사탕이나 껌, 사브레 같은 것들이 올려진 안마루 시렁이 슈퍼마켓이었다. 돈이란 게 있다는 건 알았지만, 자치기에 쓸 막대기나 비석치기에 쓸 넓적한 돌보다 소용 있는 물건이 아니었다. 그래도 명색이 자본의 시대를 살았던 탓으로 우리는 돼지저금통 하나씩을 가지고 있었고, 어느 날 꽤나 묵직한 그것들 배를 갈랐다.

그날 돼지저금통은 새끼 돼지가 되어 돌아왔고, 사랑마당에 돼지우리가 생겼다. 집에서 나는 음식물 찌꺼기를 혼자 독식하며 낮이고 밤이고 자라난 새끼 돼지는 어느 날 엄마 돼지가 되었고, "돼지가 새끼를 낳을 거 같아요!!" 이른 새벽 일꾼 아저씨 입을 통해 전해진 소식에 어른 아이 할 거 없이 모든 관심이 돼지우리에 쏠렸다.

사람들이 보고 있으면 새끼를 물어 죽이기도 한다는 무시무시한 말을 들었기에 대놓고 들여다보지 못하고 사랑마루에 올라가 곁눈질로 돼지우리만 살피던 그 날, 나는 평생 처음으로 생명이 태어나는 순간을 목격했다. 한 마리 두 마리 세 마리…. 아이구야! 무려 열두 마리 새끼가 태어났다. 새끼 돼지들도 탈 없이 뻥튀기 불어나듯 펑펑 자랐고 어느 날 오후 산판에 다니던, 먼발치에서 구경만 했던 트럭 한 대가 마당으로 들어섰다.

그날 엄마 돼지는 트럭에 실려 팔려갔고, 장정 예닐곱이 달려들어도 태우기 힘들었던 슈퍼 우량 엄마 돼지는 평생 내가 본 어떤 돼지보다 컸다. 거짓말 한 개도 안 보태고 트럭에 꽉 찼고 심지어 살이 넘치기도 했으니까. 돼지저금통이 새끼 돼지가 되고, 새끼 돼지가 엄마가 되고,

엄마 돼지가 팔려나가는 사이 나는 자랐고, 고향을 떠나 세상 속으로 들어섰다.

# 겨울에도 놀거리는 많고도 많았다

좌청룡 우백호 중간에 자리 잡은 고향집은 뒤로는 산이 앞에는 개울이 흐른다. 백호동에서 청룡 끝까지 집을 품어 안은 뒷산은 어린 시절 우리들 놀이터였다. 경찰견이었던 셰퍼드 새끼 한 마리를 들여 철수라 이름 붙였는데, 우리는 철수와 함께 백호동을 뛰어다녔다. 백호동을 흘러내려 냇물로 합쳐지는 작은 물길에는 가재가 수도 없이 들어앉아 친구가 되어주었다. 다래며 머루며 개암까지 산에는 간식거리가 천지였고, 찔레순을 꺾고 돼지감자를 캐 먹으면서 어린 탐험대는 자랐다.

딸내미들이 어릴 때 외가에 가면 "엄만 어릴 때 뭐 하고 놀았어? 여긴 아무것도 없잖아" 했다. 놀이동산은커녕 아이들 놀이터도 그 흔한 슈퍼도 하나 없는 데다 눈에 보이는 것이라곤 산과 들, 논과 밭뿐이니 아이들 눈에는 그렇게 보일 수밖에 없었을 거다.

봄이면 냉이 달래 쑥 캐러 산으로 들로 쏘다니고, 여름이면 냇가에서 돌멩이 깔아 우리만의 펜션을 지어놓고 온종일 물놀이를 했다. "까마귀가 친구 하자고 하겠다. 제발 그만하고 들어온나." 엄마 목소리가 커질 때쯤이면 등짝은 이미 홀랑 껍질을 벗고 있었다. 가을이면 메뚜기 잡으러 다니고 콩대 꺾어 불에 구워 먹기도 했다.

겨울에도 놀거리는 많고도 많았다. 벼를 벤 논 댓 마지기에는 물을 대어 시게또장(스케이트라고 하면 그 맛이 사라지는 것 같아서)이 만들어졌다. 순전히 우리만의 전용 썰매장이었고, 눈만 뜨면 각자 자기 시게또를 챙겨 아주 출근하다시피 했다. 나머지 논에는 쌓아둔 볏짚이 진지가 되어 주었다. 볏짚 중간에 볏단을 덜어내고 사람이 들어갈 만큼 공간을 만들고 이쪽저쪽 편을 나누어 한 볏짚을 맡아 진영을 꾸린다. 그때는 어찌 그리 전쟁놀이를 하고 놀았는지, 군부독재는 어린 우리에게도 그렇게 영향을 끼쳤다. 에궁.

얼음배는 또 얼마나 재밌는 놀이였는지. 그때는 겨울이 진짜 추웠다. 아침에 일어나 안방 문고리를 잡으면 손에 쩍쩍 들러붙었으니까. 냇물에 얼음은 또 어찌나 두껍게 얼었는지 아침부터 나가 오빠들은 그 얼음을 부지런히 깨고 중간에 구멍을 뚫어 장대를 꽂아 얼음배를 만든다. 네댓 명이 올라가도 오후까지는 거뜬히 버텨냈다. 가끔은 두 개를 만들어 얼음배 싸움을 하기도 했다. 나는 겁이 많아 늘 제일 나중에 탔다가 같이 물에 빠지고는 했다. (아가 좀 모자랐던 걸까!!)

얼마 놀지도 못하고 늘 물에는 같이 빠지고, 집에 돌아와 야단을 맞는 건 언제나 내 몫이었다. "가시나가 허구헌날 벌가리맨치로 오빠들하고 똑같이 논다"는 것이 이유였던 터, 그때 조신하게 들어앉아 수라도 놓았어야 했던 것인지. 나 원 참!!! 야단을 맞은 억울함보다 다시 돌아온 다음 날 얼음 놀이가 더 재미났으니, 꽁무니 쫓아다니며 징징거릴 수 있었고, 물에 빠지는 그 순간까지 타보라고 꼬셔대는 오빠들이 있었으니 그나마 얼마나 다행한 일인가.

정월 대보름을 맞으려면 일단 깡통부터 찾아 둬야 한다. 우리집 다락에는 늘 복숭아 통조림이 있었고, 그게 먹고 싶어 꾀병을 부리기도 여러 번이라 깡통을 구하는 일은 생각보다 어렵지 않았다. 내놓은 깡통은 일꾼 아저씨가 구멍을 뚫어주었고, 우리는 그 앞에 옹기종기 앉아 관람하며 자기 깡통 구멍에 참견하곤 했다. 전기가 없던 산골에 보름달이 떠오르면 세상이 아주 훤하게 드러났다. 보름이 얼굴을 보러 달려나가야 하는 시간이다.

관솔불을 담은 깡통을 들고나면, 지금 필요한 건 뭐다? 스피드! 오빠들한테 뒤처지지 않으려고 젖먹던 힘까지 짜낸다. "뛰지 말고 천천히 가. 넘어져 다치면 어쩔라고." 어머니 걱정을 뒤꼭지로 받아내며. 운동회 꼴찌를 도맡아 놓은 달리기 실력을 뽐내며 논으로 내달린다. 이미 동네 아이들 몇몇이 깡통을 돌리며 불꽃을 날리고 있다. 그 사이 어디쯤 자리를 잡고 빙글빙글 지구가 도는 방향으로 댓 바퀴. 반대 방향으로 또 몇 바퀴. 팔이 아파 더는 못하겠다는 생각이 들 때쯤이면 관솔불은 전부 별똥별이 되어 사그라지고, 정월 대보름달이 온전히 주인공이 되었다. "딸, 걱정하지 말어. 엄마 어릴 땐 놀거리가 천지삐까리였어."

열한 살부터 집을 떠나 살았고, 오십에 다시 귀향할 때까지 만만치 않았던 시간들을 견디게 한 것은 내 무릉도원 고향산천이다. 자연 말고 그 무엇도 필요하지 않았던 풍요로움이, 도시살이에 자꾸만 빈약해져 가는 마음을 지켜주었다. 아홉 살에 아버지는 청룡 끝에 영구히 살 집을 마련하셨고, 집 뒤 낮은 능선으로 할아버지가 묻히신 그곳. 무슨 일이 있으면 슬그머니 그분들을 찾아 한참을 앉았다 오곤 했다.

고향이란 늘 거기 있어 위안이 되는 곳이다. 여전히 가족들이 모여 함께하기 때문에 귀한 곳이다. 말 한마디 하지 않고 걸어도 몸 안에 쌓아두었던 독기를 스르르 빼내 주는 자연이 있기에 행복한 곳이다. 사이코패스들을 연구했더니 어릴 때 놀지 못했던 사람들이 많았다는 뉴스를 봤다. 새삼 내 무릉도원이 얼마나 고맙고 감격스러웠던지. 비싼 장난감도 맛있는 과자도 흔하지 않았지만, 봐도 봐도 질리지 않는 풍광과 놀고 놀아도 무궁무진한 자연 장난감이 있어 내 어린 시절은 풍요로웠다.

# 나도 출세하면 안 돼?

“오빠야, 우리 천방에서 책보자기 메던 생각 나나?” 물었더니 “그게 다른 아들은 착 몸에 붙게 잘도 메고 다니는데 왜 그케 안 메지고 어설프든지.” 곧바로 대답이 돌아온다. 1973년 봄 나는 국민학교에 들어갔다. 연년생인 오빠가 한 해 먼저 학교를 다니고 있었고, 오빠를 따라 늘 학교에 가서 놀았던 터라 입학이라는 게 별반 다른 의미로 다가오진 않았지만, 어쨌든 나도 정식으로 그 놀이터의 일원이 된 것이다.

어엿한 학생이 된 나는 거즈로 된 천 손수건을 가슴팍에 달고 백설이었나? 어떤 공주 그림이 그려진 분홍색 책가방을 메고 입학식에 갔다. 그런데 나 말고 친구들은 전부 책보를 메고 있다. 그날 그 커다란 가방이 왜 그렇게도 창피했는지. 다음날부터 책가방 안 가지고 가겠다고 나에게 책을 쌀 보자기를 달라고 매일 아침 실랑이를 벌였다.

정확하진 않지만, 전교생 중에 우리 오빠하고 나를 포함 몇 명만 책가방을 메고 갔고, 책가방은 오빠와 나한테는 애물단지에 다름이 없었다. 집에서는 가방을 메고 나서야 하니 어느 날부터 책가방 안에다 보자기를 넣어두고 갔다. 천방까지 가서 책가방은 두고 보자기에 책을 싸서 학교에 가기 위한 치밀한 작전이었다. 허리춤에서 달각이던 그 느낌이 얼마나 좋았던지. 친구들과 똑같이 하고 학교에 가는 게 얼마나 편했던 지. 그 이후로도 책가방은 학교 구경은 못 하고 천방에서 우리가 돌아오기를 기다려야 했다. 3학년쯤 되었을 때 하나둘 학교에 책가방이 늘었고, 그 어느 즈음 우리도 보자기를 끊고 책가방을 멜 수 있었다.

초등학교 3학년 때 아버지가 돌아가셨다. 음력 오월 스무하루, 읍내에 나가셨던 아버지는 기차 건널목 사고를 당하셨고, 아랫마을 지서에서 순경이 그 사실을 전했을 때 엄마는 신발도 신지 않고 오빠 손을 잡고 안마당을 뛰어나갔다. 다음 날 대구에 계시던 할아버지가 오시고 택시를 불러 읍내 병원에 가신다기에 따라나섰다. 아랫마을에는 동네 사람들이 다 나와 있었고, 할아버지가 택시 문을 열고 누군가와 이야기를 하는 사이, 오빠랑 동기인 어떤 아이가 "너거 아버지 죽었데이" 했다.

죽음이 뭔지 알지 못했지만, 그 말을 들은 이후 택시는 가시덤불 속을 달렸다. 택시가 가시덤불로 갔을 리 만무하단 걸 알지만 기억은 너무도 선명하다. 얼마 안 가 아버지를 실은 영구차를 만나 다시 집으로 돌아왔다. 천방에서 바라보니 동네 사람들이 들어와 피운 횃불로 우리 집이 불타는 듯했다. 엄마는 까무러쳐 병원에 입원했지만 집안 식구들과 친척들 동네 사람들은 아버지를 묻을 준비를 했고, 열 살, 아홉 살, 일곱 살, 네 살이던 우리 사 남매는 철도 없이 어른들이 썰어준 수박에 얼굴을 묻고 시간이 흘렀다.

장례를 치르고도 엄마는 세상을 포기한 사람처럼 누워서 지냈고, 우리는 일하는 언니들과 집안 아지매, 할매들 손에서 날을 보냈다. 할매가 삼촌 고모들 학교 땜에 대구에서 생활하셔서 대구와 상주 본가를 오가셨던 할아버지가 어느 날 "아가, 니가 이러고 있으면 우리 집은 끝이다. 제발 좀 일나거라." 눈물로 말씀하셨단다. 그날 이후 몸을 일으킨 엄마는 평생 해보지 않은 농사일을 직접 하시면서 우리를 키우셨다. 두 번의 불천위를 포함 6대 봉사를 하는 집, 그 많은 제사와 60상부 묘사가 있는 종가 맏며느리인 엄마는 서른둘 그날부터 혼자서 우리집을 지켜낸 것이다.

아버지가 돌아가시고 일 년쯤 지난 뒤 집안에선 종손인 오빠를 대구에서 공부시켜야 한다는 공론이 일었고, 그렇게 하기로 결정이 났다. 종손이 대처에 나가서 공부하고 출세해야 집안이 산다는 결정을 지켜보면서 내가 그랬단다. "나도 출세하면 안 돼? 나도 갈 거야." 낙동강에 다리가 없어 버스를 배에 실어 건너던 시절, 차멀미가 심해 상주 읍내도 몇 번 나가보지 않았던 나는 기예 출셋길을 따라나섰다.

출셋길은 멀고도 험했다. 엄마가 없는 집에서 살아내는 일은 녹록지 않았고 크고 넓지만, 적막하기만 한 도시는 우릴 품어주지 않았다. 한 반에 서른 남짓 두 반이 있었던 시골 학교와 달리 운동장이 고향 동네만 하고 한 반이 78명에다가 한 학년에 12반씩 있던 대구초등학교도, 그 속에 와글와글한 도시 아이들도 적응하기 힘들었다. 나는 집에 들어가기 싫어 만화방을 전전하거나 학교 가는 길에 있던 이모 집에서 늦은 시간까지 버티기를 자주 했고, 나 못지않게 스트레스를 받은 오빠는 만만한 나를 향해 분노를 표출하곤 했다.

살면서 누구에게 맞았던 두 번째 기억이고 마지막 기억이다. 어렸던 오빠도 제 속에 쌓이는 스트레스를 어떻게 해야 할지 몰랐을 테지만, 왜 폭력은 어리고 약하고 만만한 곳으로 집결하는 것인지. 어떤 부당한 일들이 있었다면 거기에 대항해야 하는데 왜 엄한 데를 향해 발길질하는 것인지. 어릴 때 엄마가 내게 화를 표출하면 온몸으로 감싸 안고 대신 맞던 그 오빠가 폭력을 휘둘렀다. 잊을 수 없고 기억할 수도 없는 그 일을 오빠는 평생 나한테 사과하며 산다.

할아버지가 대구 집에 오실 때 학용품 살 돈을 받곤 했는데. 어느 날 산수 노트를 다 썼다고 보여 드렸는데 "돈 없다" 하시면서 오빠를 보고 씨익 웃으신다. 내가 보는 앞에서 오빠에게 빵하고 우유 사 먹으라고 돈을 주시는 거다. 다시 기억하고 싶지 않은 순간이었지만, 오빠가 대문을 나서 나한테 그 돈을 주면서 공책 사라고 했던 기억을 가지고 괜찮다 하며 살았다. 그 일은 할아버지가 너무하신 일로 늘 가족들 속에서 회자되었고, 모두가 웃으면서 하는 옛날이야기는 내게는 여전히 아물지 않은 상처다.

일 년 만에 집에 간다고 벽을 차고 울면서 내 출셋길은 막을 내렸고, 오빠는 할매랑 삼촌 고모들이 사는 그 집을 떠나 대구에서 하숙하며 중학교에 진학했다. 그 이후 나는 상주 읍내에서 초등학교 6학년부터 고등학교 때까지 지냈다. 세상에 태어난 것이 이미 출세인데 무슨 출세를 더 하겠다고 거길 따라갔는지. 대구에 계속 살았으면 껌 좀 씹고 다녔을 것이 자명하다. 에휴!

# 가면 밝아지고 가면 밝아지고

고향 산천은 넓었고, 자연은 한 치의 차별도 없었으니 그것만으로 내 유년은 충만했다. 지금처럼 자식들을 끼고 앉아 단속하던 시절도 아니고 눈만 뜨면 산과 들을 뛰어다니며 하루를 보냈다. 오빠 동생 외에는 친구가 많지도 않았고, 온종일 오가는 사람도 없던 산골이었지만 다래와 머루가 지천인 산길을, 키우던 셰퍼드 철수와 오르내리고, 개암을 따먹으며 시간 가는 줄 몰랐다. 봄이면 나물 뜯는데 정신 쏟느라 집과 멀어져 밥때가 되면 찾아다니게 만들기도 했다.

네댓 살, 이른 봄이었다고 기억한다. 그때 우리 집 마당에 잔디를 심었다. 워낙 시골이라 식당도 없고 숙소도 없으니 무슨 일이 있으면 일꾼 아저씨들은 집에서 먹고 자면서 일을 했다. 사람들 구경할 일 별로 없는 촌 동네에서 새로운 사람들이 왔다 갔다 하는 일은 신나는 풍경 중 하나였다. 엄마와 일하는 언니들이 밥하느라 힘든 것은 내가 명심해야 할 일이 아니었을 때이기도 했고.

아침에 일어나니 엄마가 "임아. 갱변에 가서 일하는 아저씨들 아침 드시러 오라고 해라" 하신다. 심부름하면 나지! 의기양양 안 마루로 나섰는데 마당을 점령한 안개 때문에 사랑채도 보이지 않았다.

"엄마! 엄마! 깜깜해서 못 가요."

소리를 질렀더니 안방 문을 열고 나오신 울 엄마 "안개는 가면 밝아지고 가면 밝아지고 하는 거니까 일단 내려서 걸어가 봐" 하신다. 그 말에 용기 내어 마당에 내려섰는데 신기하게도 걸은 만큼 앞이 보였다.

가면 밝아지고 가면 밝아지고…. 세상에나 어쩌면 이런 일이. 천방까지 가면서 얼마나 신기했는지. 한 발 내밀면 사랑채 용마루가 눈앞에 나타나고, 또 한 발 내딛으니 담장 너머 모과나무가 얼굴을 내민다. 안개섬에서 보물을 찾는 모험을 하는 듯, 한 발 한 발(완전 용감하게) 나타나는 풍경을 따라가다보니 어느새 갱변에서 잔디 뜨는 일꾼 아저씨들 계신 곳에 닿았다.

살면서 온통 암흑천지라 깜깜해서 한 발도 내딛을 수 없다는 생각이 들 때마다 그날 아침 풍경이 떠올랐다. "가면 밝아지고 가면 밝아진다"던 말이 평생 길이 되어주었다. 그 어떤 순간에도 주저앉거나 무너지지 않고 일어나 걸었다. 걷다 보면 어느새 밝고 환한 태양이 떠오르고 이만하면 살만하다 싶은 날들도 찾아왔다. 그동안 아이들은 다 자랐고, 나는 갱년기에 닿았다.

엄마, 깜깜해서 못 가요! 쉰을 훌쩍 넘긴 딸은 다시 소리친다. 가면 밝아지고 가면 밝아진단다, 속이 시커멓게 타들어 간 우리 엄마는 그 말을 되뇌며 기다리고 있을 것이다. 내가 당신 앞에 말간 아침처럼 나타나는 그 날을 하염없이 기다리고 있을 것이다. 엄마, 당신이 계셨기에 나는 오늘 여기 있고, 당신이 계시기에 시답잖은 반항도 최선을 다해서 하고 있습니다. 안개를 헤치고 한 발 한 발 당신에게로 가고 있는 중입니다. 너무 늦지 않게 당도하겠습니다.

# 우리집을 거쳐 간 사람들

1960년대 중반, 이식받은 자본을 정착시키느라 국토가 몸살을 앓고, 자신만이 대통령으로 존재할 수 있다는 확신에 찬 독재자가 국민의 허리띠를 졸라매던 시절. 변변한 구멍가게 하나 없고, 아침저녁 두 번 다니던 읍내까지 가는 버스는 툭하면 끊어지기 일쑤였던 시골에서 태어나 자란 건 내 생애 가장 커다란 행운이다. 오로지 자연과 자연만이 존재했던 곳, 사람도 자연의 일부라고 굳건하게 믿을 수 있었던 곳.

눈 뜨면 자연 속에서 뛰어놀고, 해 떨어지면 깃들어 잠들던 그 시절은 그림 같았지만, 이유 없이 내게만 쏟아지던 엄마의 야단과 심심찮게 상방에 끌려가 맞아야 했던 회초리는 세상에 멋진 풍경화만 있는 것은 아니라는 사실을 알려주었다. 회초리를 맞은 날도 눈물이 마르면 엄마 등에 코를 박고서야 안심하고 잠든 날들이었지만, 세계명작동화 속 소공녀는 다른 세계로 나를 데려가곤 했다. 그래 우리 엄마도 어딘가 다른 곳에 있을 거야, 언젠가 나를 찾으러 올 거야. 꼬옥.

부모님은 사이가 좋으셨고, 큰소리 내고 싸우신 적도 거의 없다. 주로 내게만 행해진 엄마의 훈육(?) 이외에 평화롭기 그지없던 일상이었다. 큰 살림이라 늘 일꾼 아저씨와 일하는 아줌마, 언니들이 있었는데 어린 나이에 혹은 어른이 되어서 남의 집에 깃들어 살아야 했던 이들에게 그곳은 어떤 기억이었을까? 내 기억처럼 강 같은 평화가 넘치는 곳은 아니었을 것이다.

큰 소리도 이렇다 할 사고도 없이 흐르던 평화는 사흘이 멀다 하고 맨발로 뛰어들던 노 씨네 아줌마로 인해 깨어지곤 했다. 아줌마는 우리 일꾼 아저씨 부인이었고, 옆집에 딸아이랑 함께 살았다. 짚으로 하는 건 무엇이건 뚝딱 잘 만들었고, 우리한테는 세상 좋은 사람이었던 아저씨는 술만 먹으면 마누라를 팼다고 한다. 폭력은 언제나 약한 고리로 쏟아지고, 그 고리 안에 갇힌 이가 나만이 아니구나 하는 희미한 연대의식이 싹튼 지점이 그 어디쯤이었을 것이다.

"엄마, 00이는?" 어느 주말에 집에 돌아와 보이지 않는 아이를 찾으니, "미야(그 아이랑 동갑이던 막냇동생)랑 하도 싸워서 공검할매한테 보냈어" 하셨다. 00이는 아랫동네에서 태어났고 일곱 살에 우리집에 왔다. 아빠는 농약 중독으로 죽고, 엄마는 집을 나갔고, 아이를 맡은 조부모가 데리고 왔다. 어느 날 부모가 없어져 버린 어린아이, 남의 집에 맡겨져야 했던 일곱 살 어린아이, 얼마 지나지 않아 오빠마저 죽어버렸단 소리를 들었을 그 어린아이.

동산의 어린 나무는, 햇살 잘 드는 자리를 잡아 바람도 막아주고 아낌없이 물도 주며 키워도 살아내는 일이 힘겨운데, 어쩌다 돌밭에 떨어져 어렵게 뿌리를 내렸건만, 햇빛은 고사하고 바람 한 줄기 막아 줄 무엇도 없이 지내다 불쑥 뽑혀 알지 못하는 땅에 옮겨진 어린 나무는 어떤 마음으로 견뎌냈던 걸까. 그때 나는 그 아이보다 여섯 살이 많았고,

읍내에서 학교 다니던, 마음에 부채를 쌓아두는 것 말고는 아무것도 할 수 없는, 그냥 아이였다.

노 씨 아저씨네 아줌마와 딸은 내가 대처로 나간 사이 언제인가 우리 동네를 떠났고 노 씨 아저씨는 혼자 우리집에 남아 오래 살았다. 나이가 많이 들어 아들 집으로 간 뒤에도 술로 인한 문제가 생기면 우리집으로 연락이 왔고 오빠가 가서 데리고 나오길 여러 차례, 세월엔 장사 없다 했던가 죽음으로 인연은 끝이 났다. 00이는 공검할매 집에서 학교 다니고 집안일 농사일 거들면서 어른이 되었다. 그 이후 대구로 나가 결혼하고 아이도 낳고 가끔 친정 삼아 가족들과 함께 다녀가곤 한다.

지난해엔 00언니가 왔었다. 형제들과 집 앞 냇가에 놀러왔다 들렀다 했다. 또록또록한 목소리로 책을 얼마나 잘 읽어 줬는지, 잠들기 전엔 늘 언니 옆에 누워 책 읽어 달라고 조르곤 했었다. 그때 언니 나이가 열댓 살, 아버지 손에 이끌려 우리집에 왔고 월급은 전부 아버지가 찾아갔다고 한다. 그것도 모자라 나이든 남자한테 딸을 보내려고도 했단다. 언니는 여러 번 집 앞으로 놀러왔지만 선뜻 들어오지 못했는데 동생들이 하도 들어가보자고 해서 왔다고 안마당을 들어서고도 한참 동안 쭈뼛쭈뼛 마루로 올라오질 못했다.

살아온 모든 순간 나를 지탱해 준 내 고향, 내 무릉도원, 내게는 그런 곳이지만 우리집을 거쳐 간 사람들에겐 달랐을 공간. 주로 그 사람들과 정서적 교감을 하고 살았던 나는 어렴풋이 불편과 부당과 불합리한 세상이 있다는 것을 알았고, 어른이 되면서 부채의식은 눈덩이처럼 불어났다. 여리고 약하고, 가난하고 어리석은 곳으로 모여지는 폭력과 부당한 대우에 맞서야 한다는 의무감을 가질 수밖에 없었다.

# 2장

# 단지 여자이고
# 여자였을 뿐

# 사랑은 원하는 것을 주는 거야

초등학교 6학년 때 대구에서 다시 상주로 전학을 한 뒤 고등학교까지 상주 읍내에서 생활했다. 여자 중학교는 두 개였고, 나는 시내에서 먼 언덕배기에 있는 사립재단 중학교에 다녔다. 하숙을 접고 친척이면서 친구인 아이와 자취를 했고, 옆 방에서 자취하던 고만고만한 친구를 만났다. 우린 이내 3총사가 되었고, 수업만 마치면 자췻집에서 똘똘 뭉쳐 지냈다.

우린 앞서거니 뒤서거니 사춘기를 함께 걸었다. 문을 쾅 닫고 들어가며 내가 중2다!! 존재감을 뿜뿜 드러낼 부모님은 그곳에 없었고, 사실 사춘기가 뭔지 잘 알지도 못했다. 초경을 시작하는 것을 서로 지켜봤고, 생리대를 사러 약국에 함께 갔다. 혼자서는 도저히 입이 떨어질 것 같지 않은 일들도 친구가 있어 용감해질 수 있었다.

온통 자전거인 자전거 도시 상주에선 남학생들이 자전거를 타고 가면서 여학생들 가슴을 치고 도망가는 일이 많았다. 지금 같으면 내 딸아이가 그런 일을 당했다면 온 동네 CCTV를 다 뒤져서라도 한 놈 한 놈 찾아내 처벌을 해야 마땅한 일이지만, 그때는 어른이나 선생님한테 말을 해도 "머시마들은 본새 그래." "장난한 건데 뭘 그렇게 호들갑을 떠냐"는 대답이 돌아왔으니(아직도 여전한 경우가 많다) 우리끼리 모여 그 철딱서니 없는 싸가지들을 잘근잘근 씹는 것으로 화풀이를 대신하곤 했다.

중학교 시절은 무채색이었다. 아버지가 돌아가시고, 대구에 갔다 돌아오는 동안 다치고 찢겼지만 아무에게도 소리 내어 말하지 못한 일들은 나를 우울하고 자조적인 아이로 만들었고, 학교에선 누구 눈에도 띄지 않고 있는 듯 없는 듯 지냈다. 자췻집에서 친구들과 지낸 그 시간이 없었다면, 어스름 저녁 그 다리에 나가 "난 저엉말~ 몰랐었네~." "이 거리이를~ 생각하세요오~"를 같이 불러 준 그네들이 없었다면 견뎌낼 수 없었을 것이다.

그렇게 조용하지만 친구들과 함께 흐른 중학교 시절은 같은 방에 자취하던 친구네가 대구로 이사 가고, 오빠와 남동생이 공부해야 하는 탓으로 고등학교에 진학할 수 없었던 다른 친구가 산업체 야간 고등학교로 떠나가고, 나는 상주에 하나뿐인 인문계 고등학교로 진학을 하면서 끝이 났다. 우리 모두가 몽실 언니라는 걸 알지 못한 채 그렇게 몽실이들은 각자 길을 떠났다.

중학교 때까진 조금 우울한 아이였다. 사춘기여서 그랬을 수도 있고, 뭐 하나 특출나게 잘하는 것도 없고, 뭐 하나 하고 싶은 것도 없이 자존감을 찾지 못하던 때라 그랬을 수도 있겠다. 아버지가 돌아가신 뒤 대구로 유학 갔다가 일 년 만에 상주로 돌아온 나는 초등학교 6학년부터 중학교까지 그렇게 4년 동안을 냉소와 비관을 더 많이 끌어안고 살았다.

고등학교 입학하고 첫날, 정순임이 누구야? 담임 선생님은 또박또박 나를 호명하셨다. '중학교 내내 공부로 1, 2등을 다툰 것도 아니고, 반장 같은 것을 맡지도 않았을 뿐 아니라, 있는 듯 없는 듯 허무에 신나게 매진했던지라 고등학교도 그렇게 흘러갈 줄 알았는데, 왜 날 부르지.' 고민을 뒤로하고 손을 들었더니 '교실에 있는 청소도구 파악해서 교무실로 와라' 하셨다. (나중에 안 사실인데 고등학교 입학시험을 좀 잘 봤더랬다.)

스물일곱, 미혼, 음악 과목 선생님은 그렇게 내 인생에 들어왔다. 음악 과목 선생님께는 담임을 잘 안 맡기던 터라 선생님은 처음으로 우리 반을 맡으셨고, 감리교회 목사님 딸이었던 선생님은 독실한 크리스천이었다. 교사 생활 4년 차 첫 담임을 맡은 선생님은 매사에 열정적이셨다. 사흘째 되는 날인가 그냥 순임이가 우리 반 반장을 하면 어떻겠냐고 선생님은 아이들에게 의향을 물으셨고(그땐 선생님이 지명하는 경우가 더 많았다) 나는 손을 번쩍 들고 그건 투표로 정해야 한다고 주저 없이 말씀드렸다. 우리는 투표를 했고, 중학교 때 반장을 했던 아이가 반장이 되었다.

선생님은 아이들을 차별하지 않았다. 공부를 잘하는 아이들은 그 아이들대로 인정하고, 중학교 때 농땡이로 소문이 자자했던 아이가 우리 반이었는데 당신 자취방에 함께 사시면서 학교를 데리고 다녔다. 봄이면 함께 색종이로 꽃을 접어 교실 천장에 매달고, 가을에는 낙엽을 겨울에는 눈송이로 그 자리를 채웠다. "사람은 저마다 받고자 하는 사랑의 그릇이 다른데, 그 사람이 받고 싶은 것을 담아주는 게 사랑이다"라고 하신 말씀은 한 줄기 빛이 되었다. 나도 사랑받을 수 있겠구나 하는 안도감이 들기 시작했으니까.

어른들은 몹시 난감한 일을 당하면 '옻 오르고 옴 오르고 두드러기 테 둘렀다'는 말을 자주 썼다. 내 음악 실력이 그랬다. 음치에다 박치에다 돼지 멱따는 소리까지…. 필기시험은 죽어라 공부해서 어떻게 성적을 맞췄는데 실기시험은 늘 바닥을 면치 못했다. 내가 젤 좋아하는 우리 선생님 과목을 특별히 잘하고 싶었는데 나로서는 어쩔 도리가 없는 일이었다. 그래도 꿋꿋하게 최선을 다해 노래를 불렀고, 실기시험에 조금만 공정성을 염두에 두지 않고 평가하면 수를 줄 수 있는데도 선생님은 늘 가차 없이 공정하셨다. 그래서 나는 선생님이 더 좋았다.

그렇게 선생님과 1년을 보낸 나는 어느 사인가 적극적이고 밝고 활기찬 아이가 되어있었다. 2학년, 3학년 때는 학교 준비물을 못 챙겨 갔을 때마다 음악실로 뛰어갔더랬다. 그때마다 선생님은 밖에 나가 준비물을 구해주셨다. 누가 가서 부탁했어도 들어주셨을 거란 믿음이 있었던 터라 거리끼지 않았다. 덕분에 교지 편집 일을 하고, 여러 학교 아이들과 시화전도 하고, 반장 부반장 학년장도 하면서 내 여고 시절은 고운 기억으로 채워졌다. 국어 선생님과 담임 선생님을 만난 고등학교 1학년 때가 내 인생 첫 번째 터닝 포인트였다.

# 흘린 눈물이 아깝고 분해서

국어 선생님을 다 좋아했다. 그냥 국어가 좋았고, 그 과목을 가르치는 선생님들도 좋았다. 그중에서 고등학교 1학년 때 국어 선생님이 가장 기억에 남는다. 사느라 바빠 언제부턴가 연락이 끊겼고, 연세가 많으신 선생님께서 괜찮으신 건지 이 글을 시작하면서 죄송한 마음이 밀려든다. 수소문을 해봐야겠다.

고등학교에 입학하고 얼마 지나지 않았을 때였다. 수학 시간에는 땅바닥만 보고 있던 나는 국어 시간만 되면 이것저것 질문을 많이 했고, 선생님과 둘이서 이야기를 주고받는 시간이 늘어갔다. 그러던 어느 날 선생님께서 부르시더니 에리히 프롬의 『소유냐 삶이냐』라는 책을 읽어보라고 주셨다. 책 읽는 것을 좋아했던지라 덜컥 받아들고 왔는데, 그 당시 책들이 종이나 인쇄 상태도 좋지 않은 데다 활자는 작고 번역도 매끄럽지 않았고, 무엇보다 고등학교 1학년이 이해하기는 어려운 내용이었기에 진도가 생각만큼 나가지 않았다.

그래도 책에 관한 한 포기는 없기에 이해를 바라지 않고 다 읽어내는 것을 목표로 그 책 마지막 장을 보고야 말았다. 책을 돌려 드리러 간 날 『차라투스트라는 이렇게 말했다』라는 책을 또 주셨다. 죽어라 읽고 돌려 드리면 『신은 죽었다』가 다시 내 손에 들어왔고, 그렇게 한 시절을 무슨 내용인지 잘 몰랐지만, 철학적인 글 속에서 살았다. 2학년이 되면서 선생님은 대구에 있는 고등학교로 전근 가셨고, 선생님께서 건네주시던 책이 없어진 나날을 학교도서관(참 열악했다. 책도 많지 않았고)에 의지해서 견뎠다.

여름 방학이 되고 친구들과 선생님을 뵈러 갔다. 촌 아이들이 버스를 여러 번 갈아 타고 대구 앞산 밑 어느 동네 주택인 선생님 집에 갔던 날은 여름비가 부슬부슬 내리던 날이었다. 사모님이 삶아주신 국수를 한 그릇씩 뚝딱 비우고 있자니 나가자 하시면서 선생님이 일어선다. 졸래졸래 따라나서면서 머릿속에 챙겨오지 못한 우산 걱정이 돌아다니는데. 선생님이 현관문을 열고 우산도 없이 성큼성큼 마당으로 걸어간다.

아하! 우산 그거 안 써도 되는 거였구나. 깊은 깨달음을 얻은 발걸음은 가벼웠고, 선생님과 비 오는 앞산 길을 걸었다. 산 중턱 어딘가 바위가 평평한 곳에 멈추신 선생님은 바위를 쓱쓱 손으로 쓸어내리더니 좀 앉았다 가자고 하셨고, 우리는 둘레둘레 바위를 차지하고 앉았다. 빗소리 자작자작 흩어지는 숲길에는 바람이 오갔다.

"그런데 한하운이라는 시인이 있다. 시인은 문둥병에 걸렸는데 그 때문에 초등학교도 다닐 수 없던 시인은 어느 날 소나기를 만나 어느 집 처마 밑에 서 있었고, 그 집에서 들려오는 아이들 글 읽는 소리를 들었겠지. 그렇게 쓴 「개구리」라는 시가 있는데, '가갸거겨고교구규그기가. 라랴러려로료루류르리라.' 딱 두 줄이다. 비 오는 날 논에서 들리는 개구리 소리가 글 읽는 소리와 겹쳐졌겠지." 선생님 한 마디 한 마디가 어찌나 멋있었는지 비 오는 앞산은 또 얼마나 아름다웠는지 지금도 말로는 다 형용할 수가 없다. 돌아와 한동안 한하운 시만 찾아다닌 건 절대 안비밀이다!!

삼십 대 후반이었나 보다. 스승의 날이 가까워지고 있었다. 교육청에 전화를 걸어 선생님 계신 곳을 알아냈고, 대구 동성로에서 선생님을 만났다. 뭐 드시고 싶냐고 여쭸더니 칼국수 한 그릇 하자 하셔서 골목 어딘가에서 칼국수를 사드렸더니, 서점에 들러 책을 몇 권 사주셨다. 『의식 혁명』, 아직도 또렷하게 기억나는 책, 지금도 책꽂이 어딘가에 꽂혀 있는 책이다. 이제 세월이 너무 흘러 세상에 계시지 않으면 어떡하나 겁이 난다.

선생님께서 그때 내게 주신 책들은 이해하지 못한 대목까지도 내 삶 어딘가에서 길이 되어주었다는 것을 느끼며 살았다. 읽어냈다는 기쁨, 그럼 더 두껍고 어려운 책도 읽을 수 있겠다는 자신감, 어려운 책을 읽었으니 그에 걸맞는 사고를 해야겠다는 자부심, 책은 덤으로 많은 것을 데리고 왔다. 지금도 나는 가끔 비 오던 앞산 바위에 앉아 있곤 한다.

국문과에 가고 싶었더랬다. 원하는 학교와 학과를 정해 놓았지만 학력고사 성적은 형편이 없었고, 차선책으로 하고 싶었던 공부가 민속학이었기에 국내에 유일했던 그 과에 원서를 냈고, 가까스로 대학생이 되었다. 한 번도 대학을 가지 않는다는 생각을 해보지 않았고, 재수도 하기 싫었고, 국립대학이라 등록금도 싼 것이 딱 마음에 들었으니까. 아무튼! 대학생이 되었다.

입학한 지 한 달 조금 지난 어느 날 친구들과 학생회관에 전시회가 있다고 해서 보러 갔다. 시내에 있던 천주교 산하 마르스타 학생회관 지하 전시장에 들어선 그날, 1980년 5월 광주가 그곳에 있었다. 곤봉에 맞고 쓰러진, 트럭에 실려 끌려가던, 피를 흘리며 울부짖는 그들 속에서, 속은 토할 것 같이 울렁거리는데 발을 뗄 수 없었다.

그때 스친 기억 하나. 중학교 1학년 2학기 중간고사 마지막 날 아침 친구 집에서 밤새워 공부하고 세수를 하러 마당 수돗가로 내려섰는데, 선생님이었던 친구 아버지가 틀어두신 라디오에서 박정희 대통령이 서거하셨다는 뉴스가 나오고 있었다. 그 말을 듣는데 왜 그렇게 눈물이 났는지, 세숫물보다 더 많은 눈물이 흘러내렸다. 태어나기 이전부터 그날까지 대통령이라곤 박정희밖에 보지 못한 나는 이제 우리는 어떡하지 겁이 났던 거 같다.

곤봉에 맞고 쓰러져 피 흘리는 사진 위로 세숫대야에 눈물을 쏟던 중학교 1학년이던 내가 툭 튀어 나왔고, 그때 흘린 눈물이 아깝고 분하고 억울해서 또 눈물이 났다. 5월 광주는 전두환이 저지른 만행인데 나는 왜 그날 박정희의 죽음이 떠올랐는지는 알 수 없다. 같이 전시회를 본 친구들과 그 전시회를 준비했던 선배들 틈에 끼어 앉아 생애 최고로 많은 술을 마셔버렸다. "나를 속이고 국민을 우롱한 독재 정권에 내 눈물값을 받으러 가야 한다"고 바락바락 울음을 쏟았다.

1학년 땐 장학금도 받았는데, 그 이후 대학 생활은 강의실이 아닌 인문대 민주광장에서, 학교 정문 앞에서, 시내 성당 앞 도로에서 이어졌다. 방학이면 농활을 가고 함께 모여 금서들을 읽고, 금지곡을 불렀다. 눈앞에 있는 공동의 적 군부독재를 타도하는 일은 80년대를 관통하던 우리에게 절체절명의 과제였다. 어떤 대가를 치르더라도 쟁취해야 하는 민주주의에 대한 열망은 백골단 군홧발에 찍히던 두려움을 가뿐히 이겨냈다.

집에 들어가지 않는 날이 길어졌고, 2학년 때는 하숙을 청산하고 학교 앞에 자취방을 구했다. 거의 매일 학생회관 복도에서 플래카드를 그리고 대자보를 쓰는 밤이 이어졌고, 만든 지라시를 가슴에 품고 어둠 속을 누비는 날이 늘어갔다. 1986년 5월 3일, 생일이라 고향집에 가 있던 나를 태우러 왔던 선후배들과 함께 봉고차에 몸을 싣고 밤을 달려 인천 민주당사 앞에 도착했다. 인천 5·3 민주항쟁, 안동에서 간 열댓 명 중에 두 명이 잡혔고, 나머지는 수배자가 되었다.

몇 명이 잡혀갔다 돌아오는 동안 집에서는 내 휴학이 논의되고 있었고, 내 의사와 상관없이 자취방 짐들은 사라졌다. 그렇게 휴학을 당하고 집에 내려가 있다가 공장에 취직한(공활) 선배들과 연락해 대구로 가서 위장 취업을 했다. 텔레비전 안 전자기판을 만드는 공장에서 납땜을 하며 3개월을 보냈다. 아침 6시면 회사 출근 버스를 탔고, 잔업 철야 특근을 하며 받은 월급은 15만 원 남짓, 3개월은 수습 기간이라고 임금분에서 80퍼센트만 계산해 주던 때, 노동자들이 날마다 원대오거리에서 데모를 하던 시절이었다.

공장에는 '몽실 언니'들이 다닥다닥 서로에게 납 연기를 헌납하며 살고 있었다. 김칫국엔 김치가 없고, 고깃국엔 고기가 없는 희한한 식단, 푸석푸석한 밥은 기한을 정해놓고 돌아갈 곳이 있는 나 자신을 한없는 죄책감 속으로 몰고 갔다. 노동자처럼!! 노동자답게!! 비장한 외침은 알량한 지식인의 얄팍한 자기만족이었을 뿐, 나는 그 속에서 내가 노동자가 아니라는 사실만 자꾸자꾸 확인해야 했다. 부당한 현실에 밀쳐지기도 하고, 함께 대처하기도 하면서 노동자인 그들은 노동자의 일상을 살아내고 있었다. 내가 3개월 공활을 마치고 난 뒤 몽실 언니들은 장장 87일간의 파업을 성공으로 이끌었다는 소식을 복학하고 들었다.

학생으로 학생 운동을 하는 것이 옳은 일이란 것을 자각한 나는 내가 선 자리에서 할 수 있는 일을 해야 한다고 믿었고, 복학한 이후에도 강의실은 가끔 들리는 이웃집 같은 곳이었다. 방학이면 후배들을 데리고 학습 MT를 다녔고 시골 빈집에서 일주일 안팎으로 책 읽기와 토론이 이어졌다. 선배가 된 뒤 농활에선 힘든 내색을 하지 않아야 했고, 마치 태생부터 잘했던 것처럼 행동했다. 훗날 우리 엄마가 그 이야길 듣고 "내가 너 농활 가서 그 일 하라고 집에서는 농사일 한 번 안 시키고 키운 줄 아냐"고 한소리 하셨다.

노동자도 농민도 될 수 없는 한계를 인정해야 했고, 그렇기에 학생으로 학생들이 할 수 있는 민주화 운동을 더 부지런히 했던 날들이었다. 백골단에 끌려가 청바지가 찢어지고 군홧발에 찍힌 자욱이 선명하던 그 날, 경찰서에서 내 담당이던 형사가 "엄마 생각도 해야지, 니가 이래서 되겠나?" 했을 때 "우리 엄마는 농민이고 나는 엄마를 위해서 이 일을 하는 건데요." 큰 소리로 대답했던 내 대학 생활은 민주, 그 이름을 위한 날들이었다.

# 나는 괜찮지 않았다

1986년 5월 3일 인천 민주항쟁 이후 한 보름쯤 피신을 다녔다. 현장에서 같이 간 동료 두 명이 검거됐고, 지방에서 봉고차를 빌려 서울까지 투쟁하러 온 열성분자들이라 우리를 찾기 위해 수사력이 집중되었다는 소식을 들으며 이집 저집 옮겨 다녀야 했다. 한두 명 선배들만 서로의 동선을 알고 있는 숨바꼭질이었다. 그 어느 날 선배 언니가 어떤 집에 데려다주었고, 민주화 투쟁을 하며 안면이 있던 분 아파트 문간방에서 지내면 된다고 했다. 아내는 교대근무를 하는 직업을 가졌다 했고, 편하게 있으면 된다고 했으니 세상을 믿었던 스물한 살 여자아이는 그 집 문간방을 보루 삼아 수배 기간을 넘길 수 있겠다고 안심했다.

그 첫날, 안주인은 야간 근무라고 집을 나가고, 낯선 남의 집 문간방에 웅크리고 있는데 그 사람이 문을 열고 들어왔다. 뭐 불편한 거는 없냐면서 어깨를 두드리고 등을 쓰다듬고 했는데, 그 자리에 얼어붙은 나는 두렵고 무섭고 수치스럽고…, 천만 가지 생각이 들었다. "신경 써주셔서 고맙습니다. 그런데 혼자 있어도 괜찮으니 나가주시면 좋겠습니다." 어떻게 그 말을 다 했는지 말소리는 떨렸고 다리는 후들거렸지만, 또박또박 죽을힘을 다해 말했다.

내 말을 들은 얼굴에 스치던 비열한 미소, 안면을 바꾸고 "나는 그냥 편하게 있으면 된다고 말해주러 왔는데, 내가 뭘 어쨌다고 왜 그렇게 불편해하는지 모르겠네" 하며 일어서던 눈빛을 잊을 수가 없다. 문을 잠그고 문고리를 꼭 잡고 뜬눈으로 밤을 새우고 새벽이 밝아오는 시간 그 집을 나와 선배 언니 집으로 갔다. 잡혀가는 것이 더 낫다고 생각했기 때문이다.

"언니, 그 사람이 글쎄 밤에 방에 들어와서…." 내 이야기를 다 들은 언니는 "아무 일도 안 일어났으니 됐다. 이건 우리만 알고 있자. 꼭 그런 의도가 아니었을 수도 있고, 사람들이 알면 민주화 운동을 한다는 것들이 어떠니 하면서 얼마나 떠들어대겠냐." 아주 오랫동안 공들여 나를 설득했다. 나는 괜찮지 않았는데, 그는 분명히 잘못된 의도를 가지고 있었는데, 그 언니는 겨우 스물세 살, 대한민국에서 살아온 여자였을 뿐이었고 나는 더 어린 여자였다. 두렵고 무서운 마음만으로도 견디기 어려운데 거기다 수치심은 왜 얹었던 것인지. 그때 그 언니와 나는 그 일을 문제 삼았어야 했다.

대학 시절은 좋은 선후배와 친구들을 만나게 해주었고, 사람이 어떻게 살아야 하는지 방법론을 알게 해주었고, 치열하게 싸우고 지치지 않아야 한다는 행동론을 가르쳐 주었다. 또한 함께 운동을 하는 사람이라도 모두 믿어서는 안 된다는 것을 깨닫게 했으며, 가만히 있으면 아무것도 달라지지 않는다는 확신을 갖게 했다.

반독재 투쟁에 함께 했던 그들은 그 한 가지 일에 동의한 사람일 뿐

성평등이나 환경문제, 빈부격차, 노동문제 등등 사회 전반에 걸쳐 있는 여러 가지 불합리한 것들에는 전혀 다른 생각을 품고 있을 수 있다는 사실을 인지하고 그게 현실이란 걸 인정해야 하는 일은 녹록지 않았다. '아니, 사람이 어떻게 그래, 더군다나 사회 변혁을 한다는 사람이 어떻게 그럴 수가 있어.' 아직도 다 답을 얻지 못한 끝도 없는 질문이 시작된 시점도 그 시절이다.

심심할 새도 없이 터져 나오던 남학생들의 음담패설, 그 정도는 같이 해줘야 안 밀리고 버틸 수 있다는 생각을 가지게 된 여학생들의 동조. 조금 설레는 마음을 가졌을 뿐인데 이미 저만큼 가 있던 질 낮은 행동들. 여자들이 말하는 '노(No)'는 노가 아니라고 낄낄대는 군상들. 청춘이기에 일어날 수 있는 혼돈을 감안하더라도 총체적 문제를 가진 우리 사회의 민낯은 변혁 운동을 하는 사람들 속에서도 징글징글하게 존재했다.

우리 사회에 진보가 있다면, 그것은 반독재 투쟁을 했던 사람이라는 뜻일 것이고, 제반 사회 문제를 다양하게 합리적으로 인식하고 행동한다는 의미는 아니다. 불공정과 불공평을 입으로는 말하면서 태생적으로 여성들보다 50보, 100보 앞선 출발점에서 태어나 자신들이 받아온 사회적 이익에는 '세상이 원래 그런데 뭐 그런 것까지 따지고 드냐'고 슬그머니 편승하는 사람들은 아직도 차고 넘친다.

대부분 사람들은 어릴 적 미미한 경험치만으로도 똥인지 된장인지는 구별해 낸다. 간혹 꼭 찍어 먹어본 뒤에야 인정하는 이들이 있지만, 그것이 한 번이라면 괜찮다. 사람이기에 한 번은 실수할 수 있는 일이고, 같은 잘못을 반복하지 않는다면 그것으로 충분히 좋은 사람일 테니까. 문제는 똥을 먹은 뒤에도 된장이라고 우기는 사람들이다. 구린내를 구별하지 못할 만큼 자신이 이미 똥 범벅이 된 사람들, 우리 사회는 성인지(性認知)에 있어서 그런 이들이 많이 존재했고, 상황은 지금도 여전히 그러하다.

오늘 뉴스를 검색하다 보니 또 한 아이가 별이 되었다. 성폭행을 당했고 그 사실을 신고했다는 이유로 또래 친구들 카톡방에서 걸레라고 2차 가해를 당한 아이는 자기 방 창을 열고 뛰어내렸단다. 열여섯 아이는 그렇게 별이 되어 스러졌단다. 뉴스에 뜨지 않은 수많은 별들이 지고 있을 거란 생각에 가슴이 먹먹했다.

'왜 그런 친구들이랑 어울리고 그 밤중에 그들이 부른다고 나갔냐'고, '왜 겁도 없이 주는 술을 받아먹었냐'고, '지가 행동을 똑바로 안 했으니 그런 일을 당했지'라고 쓴 댓글들이 심장을 파고든다. '왜 친구한테 그딴 짓을 했냐'고, '같이 술을 마신 건 함부로 해도 된다는 뜻이 아니었다'고, '행동을 똑바로 하지 않는 사람이라도 어떤 가해도 해서는 안 된다'고 말하고 가해자들을 처벌하고 교육하는 일이 먼저다. 이런저런 일이 있을 때는 이러저러하게 행동하는 게 좋겠다고 말하는 건 그 이후에도 충분하다. 언제까지 '짧은 치마를 입은 탓'만 하겠다는 것인지.

대학 때 공강을 들었던 타과 여학생이 갑자기 학교를 그만둔 일이 있었다. 학교에서 성폭력 사건이 일어났고, 그 여학생은 서둘러 학교를 그만두었다고 했다. 왜 싸우지 않고 피해자가 학교를 떠나야 하냐고 생각했지만, 나였다면 다른 선택을 할 수 있었을까 자신할 수 없다. 꽃뱀이니 행실이 문제라느니, 유독 성폭력 피해자들에게 더 가혹하게 자행되는 2차 가해들. 마녀재판에 넘겨지지 않기 위해 피해자가 되기를 거부해야 하는 일은 지금도, 여전히, 현재진행형이다.

수배당했을 때 갔던 그 집에서 당한 그 일, 그때 죽을 각오로 바로잡아야 했었다는 생각을 떨칠 수가 없다. 그것이 운동이고 그것이 변혁의 물결 속에 선 사람들이 진짜로 했었어야 하는 일이다. 우리가 열심히 하고 있는 투쟁에 걸림돌이 될까 봐, 내가 어떤 빌미를 줘서 그런 일이 일어났다고 손가락질받을까 봐 하지 못한 비겁한 나 때문에 오늘도 열여섯 살 아이가 별이 되었을지도 모른다는 자책을 견디기가 힘들다. 나는 매 순간 그 잘못들을 문제 삼았어야 했다. 아무리 힘이 들어도 그랬어야 했다. 살아갈 내 아이들을 위해 그랬어야만 했다.

장난이란 이름으로 행해진 어떤 행위에도 침묵하지 않았어야 했고, '그래 세상이 다 그런데 너라고 뭐 다르겠니. 니는 그래 살아라.' 자조하며 사람을 포기하지 않았어야 했다. 그랬다면 진보 운동을 한 선배들이 성폭력 가해자로 죽고 구속되는 일련의 일들은 벌어지지 않았을 것이다. 더 치열하고 끈덕지게 잘못을 바로잡기 위해 노력했어야 했다. 변혁을 꿈꾸고 민주를 갈망했기에 그래야만 했다. 그때 우리는 그 일을 시작해야 했던 거다. 지금 이 자책을 쓰는 것은 앞으로 똑바로 살겠다는 다짐이다. 심각한 차별과 폭력이 존재하는 곳에서 피해자가 선택한 침묵은 동조도 용서도 아니다. 심각한 차별이 종용한 또 다른 폭력일 뿐이다.

# 사랑은 왜 배우지 못했을까

대학 일학년 때 처음 참석한 4·19 집회 뒤풀이 장소에서 낮은 목소리로 노래를 부르던 선배가 있었다. 그냥 좋았다. 그 앞에만 서면 여자여자 하고 싶었다. 사랑 앞에서는 늘 여자가 어째야 한다고 했더라. 이런 여자는 싫어한다고 했던가. 사회적 시선 속에 나를 집어넣으려 애썼다. 사랑을 그렇게만 배웠고, 마땅히 나도 그래야 한다고 생각했다.

그 어떤 난관도 사랑만 있으면 극복할 수 있다고 믿었다. 가난한 집 장남이라든가 하는 것은 귓등에도 닿지 않았다. 사랑 앞에 그런 허접한 접두어를 붙이는 것은 용납할 수 없었다. 사랑은 받기보다 주는 것이란 명제에 심취해 있던 스무 살 여자아이는 '사랑하였으므로 나는 진정 행복하였네라'라는 시구를 철석같이 믿었고, 자신이 그런 사람이라고 확신했다.

내가 수배를 당하고 휴학을 하고 다시 복학하는 사이 군대를 갔다 온 선배를 다시 학교에서 만났고, 주야장천 써 내려간 위문편지에 한 줄 답장이 왔을 때는, 나를 싫어하는 건가! 그동안 가졌던 수 없는 조바심과 회의를 청산하기에 충분하고 행복했다. 무슨 이유로 그따위 황당한 문구를 휘둘렀는지 모르지만 운동권 내에서 연애는 금기시되었고, 그러니 드러내놓고 감정을 확인하지 못했다. 그런 행동들로 사랑이라고 믿었고, 믿고 싶었을 뿐.

어느 날 1년 후배 아이가 자기는 어떤 선배하고 결혼할 거라고 학생회관 앞에서 말했던 날, 이름을 밝힌 것도 아닌데 그게 내가 사랑한 그 선배라는 직감이 들었다. 내가 이런 말을 들었는데 그게 무슨 말이냐 물었을 때, 꿇어앉아 술 먹고 딱 한 번의 실수였다고 했다. 친한 친구까지 찾아와 같이 변명하기를 여러 번, 나는 어느새 '그래 한 번 실수라잖아. 머시마가 그럴 수도 있다잖아.' 합리화에 동조하고 있었다.

내가 그 선배랑 사귀는 줄 알면서 그 집에 찾아가 술을 마시고 그 일을 만들었다는(그때 그 후배에게 직접 확인했어야 했는데 변명하러 온 사람들 말만 들었다) 그 여자 후배에 대한 분노와 내가 너한테는 안 진다는, 지금 생각하면 우습기 그지없는 자존심. 내가 한 선택에 다른 누구도 재를 뿌릴 수 없다는 근거 없고 무모한 자만심이 그날 그 사건을 제대로 볼 수 없는 지경으로 이끌었다는 것을, 사는 내내 가슴을 치며 곱씹어야 했다.

어쨌든 내 사랑은 어떤 역경도 견딜 수 있고, 나는 사랑하였으므로 행복한 사람이 되어야 한다고 믿었다. 사랑을 몇 권의 소설과 몇 소절의 시구로 배운 나는, 덜컥 큰아이를 임신했고, 온 집안 식구들의 걱정과 염려와 눈물을 뒤로하고 결혼을 했다.

독재 앞에서 깡 좋게 맞짱 뜨고, 어느 누구 앞에서도 주눅 들지 않은 듯 행동했지만, 사랑 앞에서 나는 한 없이 보수적인 시각만 습득한 사람이었다. 그 집 마당에 나를 데려다주고 눈물을 흘리며 돌아나가던 오빠 뒷모습을 가슴에 묻고, 스물넷에 시작한 시댁살이는 상상해 본 적도 없는 나날이었다.

400년 가까운 우리 집, 문화재로 지정된 친정에서도 어린 시절에나 존재했던 재래식 부엌. 새벽같이 일어나 내가 그곳에서 밥을 해야 했던 나날, 양말은?(지는 손이 없나 발이 없나!!) 너무도 당당하게 자기 아버지의 아버지들과 똑같은 말을 내뱉는 남편, 일하는 사람이 늘 있는 집에서 자랐고 공부 말고는 해본 게 없는데, 나보고 어쩌라고 이런 게 결혼이라고 왜 아무도 말해주지 않았는지 도무지 이해할 수 없는 하루하루가 지나갔다. 그러나 그 모든 일들은 내가 선택한 결과물이니 내가 감당해야 했다.

제일 힘든 일은 그것이 아니었다. 밥상에만 앉으면 큰 소리로 싸우는 아이들 아빠와 할머니는 정말 견딜 수가 없었다. 소를 샀어야 했는데 염소를 키운다는 아들이 못마땅한 엄마는 밥상만 차리면 똑같은 소리로 화를 냈고, 아들은 그걸 맞받아 큰소리를 쳤다. 그 밥상에서 밥을 먹을 수가 없었던 나는 성인이 된 뒤 최저 몸무게를 가지는 영광을, 그토록 바라던 그 일을 그렇게 이루고 있었다.

아이를 가지고 한 결혼이라 얼마 지나지 않아 출산을 하러 친정으로 갔고, 예정일보다 보름 앞서 큰아이가 태어났다. 새벽 두 시 화장실에 갔더니 소변이 아닌데 계속 물이 흘렀다. "엄마! 엄마! 이상해." 자는 엄마를 깨웠더니 양수가 터진 것 같다고 했다. "그럼 어떡해, 병원에 가야 하는 거 아니야." 걱정을 하는 내게 "원래 첫애는 빨리 안 나오니 날 밝으면 가도 될끼다" 하셨는데 통증이 점점 심해졌다.

자는 오빠를 깨웠고, 읍내 병원에 간 시간은 새벽 네 시나 되었을까. 아이들 아빠한테 전화하라고 했더니 엄마는 아직 한참 있어야 낳을 거라고 날 밝으면 하자고 하셨다. 자궁이 다 열려 분만실로 이동했고 아이 머리가 보이고 한 시간이 넘도록 출산이 진행되지 않자 수술을 해야 하나 분주해졌다. 밖에서 기다리는 오빠랑 엄마한테 수술 동의서를 내밀었고, 아이 아빠가 안 와서 어떻게 해야 할지 난감했다는 말을 나중에 들었다.

어쨌든 수술 동의서로 가족들이 정신이 없는 사이 "힘주세요. 산모님. 이대로 더 있으면 아이가 위험해요." 간호사 호통에 그래 내가 낳고 만다! 더는 못하겠다고 죽을 거 같다고 널브러져 있다가 마지막 힘을 주었고, 마침내 우리 큰아이가 태어났다. 자궁에 한 시간 이상 끼어 있던 아이 머리가 쑤욱, 하고 밀려 빠져나갈 때 그 느낌은 어떤 말로도 표현할 수 없는 것이었다.

세상 어떤 일도 더 잘할 수 있을 거 같은, 비로소 삶이 완성된 것 같은, 이해할 수 없었던 많은 일들이 한꺼번에 납득 될 것 같은, 한 90도 정도였을 내 시야가 갑자기 360도로 넓어진 것 같은, 도무지 특정할 수 없는 감정들이 울음으로 터져 나왔다. 아이와 나는 그렇게 동시에 울음을 터트리며 딸이 되고 엄마가 되었다.

# 끝날 것 같지 않았던 한 시절

막내 여동생이 태어나고 근 20년 만에 태어난 큰아이는 외가에서 1번이 되었다. 기저귀부터 이불 장난감 유아용 앨범까지 외가에서 다 준비했고, 그런 것도 챙기지 않고 친정을 온 나는 식구들 볼 낯이 없었다. 밤새 분만실 밖을 지키던 오빠는 진통 소리에 안절부절 땀을 뻘뻘 흘리다, 속 타는 마음을 가라앉히려 바깥에서 한겨울 찬바람 맞기를 여러 번, 아이가 태어나고 편도선염으로 일주일을 끙끙 앓았다.

아이가 태어났다는 연락을 받고 출발한 아이 아빠와 할머니가 병원에 왔다. 그날 아이 아빠는 나한테 돈 7만 원을 주었다. 자연분만이라 13만 원 정도 병원비가 나왔는데 나보고 어쩌라고 7만 원을 내 손에 쥐여주었다. 아이 낳고 한 달 몸조리를 하고 시댁에 갔다. 내가 없는 사이 빨래를 한 번도 하지 않았는지 툇마루에는 벗어둔 빨래가 한가득 쌓여 있었다. 그 빨래를 일주일도 넘게 빨고 또 빨았다. 사랑 하나 믿고 식구들 가슴에 대못을 박고 혼전 임신으로 결혼한 나는 그 모든 게 내 잘못이고 내가 받아야 할 벌이라고 생각했다.

중학교 고등학교에 다니던 아이들 고모 삼촌 도시락을 싸고 대학을 포기하고 은행에 취직해 오빠를 공부시킨 동갑인 아이들 큰고모 눈치를 봐야 했다. 명절이면 당신 딸이 오기를 삽작거리에서 기다리면서 친정에 가라는 말을 하지 않는 몰염치에 가슴을 쳐야 했고, 하루도 빠짐없이 밥상머리에서 이어지는 싸움은 시간이 흘러도 적응할 수 없었다.

그렇게 평생 같았던 시간이 흐르고 아이들 아빠는 사업을 하겠다고 부산으로 이사를 결심했다. 보증금 300에 월세 얼마짜리 주인 할아버지 할머니가 쓰는 안방 옆에 딸린 방 하나, 그래도 시댁 생활은 벗어날 수 있어 다행이라 여겼다. 열심히 일하면 나아질 거라 믿었다.

부산에서 작은아이가 태어났고, 아이를 낳고 병실에 도착했을 때 전화를 한 아이들 할머니는 "아들 하나 더 낳아야 되겠다." 한마디를 하고 전화를 끊었다. 예정일보다 한 달 먼저 태어나서, 다음 주에 친정에 갈 날짜를 잡아놓고 있다 급작스레 낳았고, 조산한 탓으로 황달이 심해 빨리 친정에 가야 할 거 같았다. 그러나 아이들 아빠는 저거 집 자손이니 저거 집에 먼저 보여주는 게 맞다고 아이들 할아버지 할머니 집을 먼저 들렀다.

아이를 받아들고 마루에 앉은 아이들 할머니는 "아들 하나 더 낳아라" 하셨다. 사는 동안 (싫은 기색이야 얼굴에 다 드러났겠지만) 대놓고 말대답은 한 적 없는 나는 급기야 "애들 아범이 돈 많이 벌어 가정부 쓸 형편 되면 낳을게요." 한마디 하고 말았다. 그렇게 몇 시간을 더 돌아 친정에 갔을 때 아이는 황달이 너무 심해 병원 인큐베이터 안에 들어가야 했고, 일주일을 병원에 입원했다.

둘째도 딸이라 섭섭했던 우리 엄마도 큰아이 때와는 달리 감정을 숨기지 않았고, 작은아이는 내가 그랬던 것처럼 애정 등급제의 최하위에 자리를 잡아야 했다. 도대체 나보고 어쩌라고 상황은 제멋대로 사람을 휘몰아 가는 것인지, 참을 수도 견딜 수도 없는 날들은 그럼에도 불구하고 차곡차곡 흘러만 갔다.

하던 사업이 잘 안 된다고 300만 원 보증금이던 그 방에도 살 수 없어 산꼭대기 달동네로 이사를 했다. 미숙아로 태어나 호흡기가 약했던 작은아인 폐렴으로 사흘이 멀다 하고 병원에 입원했고, 아픈 아이를 안고 큰아이를 챙겨 이리 뛰고 저리 뛰며 지쳤다는 말조차도 사치라고 느껴지던 그때, 아이들 할머니가 교통사고가 나서 대구에서 입원했고, 큰고모가 병원에 왔다 갔다 하며 간호하는 게 힘들다고 부산 병원으로 모셔와야 한다고 했다.

형편이 되면 자식으로 당연히 해야 하는 일이다. 그러나 우린 더 밀릴 곳 없는 지경에 서 있었고 어린아이 둘에다 병원에 와 있는 시어머니까지 감당할 여력은 내게 없었다. 그렇다면 자기가 간병을 해야 하는 일일 텐데 병원에 모셔다 놓기만 하고 나머지 일은 다 내 몫이었다. 병원을 오갈 차비조차 떨어지는 게 일상이었던 날들, 어른이 병원에 계시는데 안 가볼 수도 없었던 나는 무슨 정신으로 어떤 마음으로 그날들을 살았는지 기억나지 않는다.

병원에 가면 "어떤 주사를 맞으면 좋다는데 그게 보험이 안 돼서 좀 비싸다더라" 하는 이야기를 들어야 했고, 그 주사비를 낼 수 없는 나는 늘 죄인이었다. 그날도 어김없이 주사 이야기를 하길래 "사람들이 문병 오면서 어머님 드린 용돈 있으시잖아요. 그걸로 좀 맞으세요." 한마디

했더니 천하에 나쁜 년이 되어야 했다. 그날 이후 나는 병원에 가지 않았다.

집 전화는 끊긴 지 오래였고, 아이 분윳값도 떨어진 지 한참인데 아이들 아빠는 집에 들어오지 않았다. 사업을 한다고 신협 이사장이었던 사촌오빠와 새언니 이름으로 대출을 냈던 부채는 직접 가서 사정을 설명하고 연기를 하든 조치를 해야 하는 일인데, 돈 빌릴 때 식사 자리에서 사업 설명을 듣고 오빠가 사막에 가도 처자식은 먹여 살리겠다고 흔쾌히 당신들 이름으로 대출을 해준 것인데, 회피하고 도망가는 것 말고는 아무것도 하지 않았다.

아침 등산을 오는 사람들 상대로 해장국 장사를 하는 집이 많았던 산동네, 어느 아침 옆집 언니 국밥집 전화를 빌려 오빠에게 전화를 걸었다. "오빠야, 나 좀 데리러 와." 절대로 하고 싶지 않았던 그 말을 하고 몇 시간 뒤 득달같이 달려온 오빠가 달동네 단칸방을 밖에서 휘릭 훑어보고 네 살이던 큰아이를 안더니 "아무것도 필요 없으니 작은아이만 안고 나와" 한다. 그 길로 친정에 가서 일 년을 살았다.

그동안 연락 한번 없던 남편은 일 년이 지나서야 대구에서 직장을 구했다고 전화를 했고, 내가 선택한 사람이니 다시 한번 잘해보자 싶었고, 그 집 딸 이혼했다더라 하는 말을 엄마와 오빠가 듣는 게 겁이 나서 여전히 단칸방이 기다리는 그곳으로 따라나섰다.

그렇게 다시 대구에서 살기 시작하고 얼마 지나지 않아 소를 열 마리 사려고 하는데 돈이 200만 원인가 모자란다고 나보고 해달라고 하는 아이들 할머니 전화를 받았다. '끝나지 않겠구나 이 사람들은 절대로 자기들 방식을 포기하지 않겠구나.' 점점 내가 포기되기 시작했다. 적은 돈이지만 몇 개월 월급을 받으며 일하던 사람이 다시 사업 이야기를 꺼냈을 때, "나는 놔주고 아이들은 나 줘" 내가 할 수 있는 말은 그것뿐이었다.

결혼이란 것이 사랑하는 사람과 함께 사는 일만이 아니라는 것을 아는 데 오랜 시간이 걸리지 않았고, 내가 사랑이라 믿었던 그것이 '여자이기 때문에 참아야만 한다고…'라는 노래의 다른 버전에 지나지 않았다는 것을 인정해야 했다. 그러고도 많은 시간을 버티고, 견디고, 무너지고 나서야 그곳에서 걸어 나올 수 있었다.

## 그건 아내를 못 믿는다는 뜻이지

'다른 건 아무것도 필요 없으니, 나는 놔주고 아이들은 나 줘.' 그렇게 하면 간단하게 끝날 것 같았던 이혼은 내 생각대로 되지 않았다. 내가 이혼을 하자고 한 다음 날인가 집에 들어온 아이들 아빠는 "작은아이는 내 아이가 맞는 거 확실한데 큰아이는 내 아인지 아닌지 확인을 해봐야겠다"라고 했다. 저랑 나랑 같이 한 일, 사랑이라고 믿었고 그래서 책임지기 위해 내가 포기하고 내가 겪어 내는 동안 그는 의심을 키우고 있었던 것일까.

성폭력 가해자는 일단 피해자를 꽃뱀으로 몰고, 폭력을 견디다 못해 집 나간 아내나 며느리는 바람난 몹쓸 년을 만들고 마는 세상이란 건 알고 있었지만, 내가 사랑했고, 그 사랑을 선택하느라 수많은 사선을 넘어온 내게도 그런 세상이 떡 와서 버티고 설 줄은 몰랐다. 저를 만난 이후 저 말고 누구도 마음에 품어본 적 없는 나는, 여자 후배랑 잤다는 걸 알고도 그걸 사랑이라고 지켰던 나는 내 앞에 놓인 세상을 버티기가 어려웠다.

오빠에게 전화했고, 상주에서 대구까지 40분도 안 걸려 남동생과 오빠가 왔다. "자네가 그런 생각을 하고 있었다면 결혼하기 전에 말을 했어야만 했고 그랬다면 우린 야를 자네한테 보내지 않았을 걸세. 자네가 지금 그 이야기를 하니 검사를 하러 가세." 오빠 차를 타고 아이들 둘을 데리고 병원에 가던 그 길은 아버지가 돌아가신 날 할아버지랑 같이 택시를 타고 갔던 그 가시밭길 같았다. 사지는 빌빌 돌아가고 몸을 가눌 수가 없었다. 남동생이 주무르고 "누나야 애들 놀래 정신 차려." 잡아준 덕에 간신히 병원에 걸어 들어갔다.

후배 하나를 데리고 아이들 아빠는 병원에 나타났고, 네 명은 돌아가며 피를 뽑았다. 검사비 120만 원, 사는 동안 한 번도 내게 가져다준 적 없는 큰돈. "오늘 이 검사비는 내가 못 내네. 그런데 둘 중 하나라도 자네 아이가 아니라는 결과가 나오면 오늘 검사비에 천 배를 배상하지. 자네는 돌아올 수 없는 강을 건넜다는 것만 알게." 오빠는 아이들과 나를 데리고 나오며 말했다.

주저앉아 걸음을 걷지 못하는 나를 양쪽에서 부축하고 한 손에 아이들 한 명씩 붙잡은 오빠와 남동생은 "걱정하지 마, 우리가 있잖아"라고 말해주었다. 결과가 나오는 날, "누나야 내 혼자 갔다 오께. 너는 집에 있어." 그 이후 우리는 누구도 그날 그 상황에 대한 이야기는 꺼내지 않았다. 그렇게 바닥까지 보여준 덕분에 미련이나 후회는 일도 없이 결혼에서 걸어 나올 수 있었다. 이혼 법정에서 이혼 사유를 묻는 판사에게 "지 아이 유전자 검사하는 사람과 어떻게 살겠어요." 했더니 "그건 마누라를 못 믿는다는 뜻이고…" 하던 그 판사의 말도 이후 내 전투력을 향상시켜 주었다는 것은 이제야 말할 수 있게 된 여담이다.

이것이 내 딸들에게 상처가 되지 않기를 바란다. 아이들이 다 크고 몇몇 지인에게 이 이야기를 한 적은 있지만, 써야지 작정하면서 가슴이 미어지고, 쓰면서 통곡한 이유는 혹여 세상 제일 이쁜 내 딸들이 마음 상할까 걱정이 앞서서다. 그 판사 말이 맞다고 치자. 딸아, 그건 나를 못 믿는다는 뜻일 뿐 너희랑은 아무 상관도 없는 일이었다.

# 결혼에 어울리지 않는 여자

결혼생활 8년 동안 한 번도 벗어나지 못했던 단칸 월세방을 아이러니하게도 이혼을 하면서 탈출했다. 아이들 아빠가 사업한다고 사촌오빠 신협에서 빌렸던 돈을 오빠가 갚았고, 위자료 같은 건 필요 없지만, 그거는 돌려받아야겠다고 말한 덕분에 아이들과 처음으로 마당이 있는 독채 집을 구했다. 지은 지 오래된 집이라 시건장치는 허술했고 바람이 성성했지만, 동네 한가운데 있어 무섭지 않았고, 이만하면 천국이다 싶었다.

그러나 나는 대학 다니다 바로 결혼했고, 연년생으로 아이를 낳고 사느라 변변한 직업을 가져본 적이 없었다. 부산 산꼭대기 마을에 살 때 너무 막막해서 책이라도 팔아보자 싶어 작은아이 들쳐업고 큰아이 걸리면서 다녔던 한두 달. 도대체 무엇을 팔 수 있는 능력이란 내게는 없었고, 간절한 마음에 이곳저곳에 전화하며 느꼈던 자괴감만 고스란히 남았다. 그 일을 해본 게 전부인 터라 직장을 구하는 것이 제일 큰 문제였다.

지금은 동생댁이 되었지만, 그때는 남동생 여자 친구였던 아이가 실장으로 일하던 논술 학습지 회사에 들어갔다. 그때부터 아이들은 어린

이집 종일반에 맡겼다. 학습지 회사에서의 1년은 나도 일할 수 있겠구나 하는 자신감을 안겨주었다. 아이들 가르치는 것은 재미있었고, 회원들은 늘어 어느 달에는 가장 많은 회원을 늘인 선생에게 주는 금반지를 받아 가져오기도 했다. 그렇게 한 해를 보내고 한 주간 신문사 대구 사업본부에 입사했다.

월급이 많지 않았지만, 아이가 있는 사정을 당연히 이해해 주는 회사 분위기도 좋았고, 무엇보다 부설 여성센터에서 성교육강사 교육, 청소년상담사 교육을 받고 짬짬이 그에 관련된 활동도 할 수 있는 것도 좋았다. 그때 한창 열풍을 일으키던 선생님 강사교육을 1기로 마쳤고, 인근 학교나 소년원에 강의도 나갈 수 있었다. 2년 남짓 길지 않은 시간이었지만 일하고, 배우고, 가르치며 지낸 시간은 나도 할 수 있겠구나 하는 자신감을 한층 끌어올려 주었다.

결혼에 어울리지 않는다는 걸 인정했고, 알면서 붙잡고 있으면 안 된다고 판단했기에 이혼을 선택했다. 폭풍우 지나간 바다가 잔잔하듯이 많은 일을 다 겪고 나니 마음은 가벼웠다. 단 하루도 내가 왜 이혼을 했을까, 하는 후회는 해보지 않았다. 아이들과 어떻게 살아낼까? 잘 살아낼 수 있겠지! 하는 것에만 집중했다. 결혼에 어울리지 않는 여자는 그 제도를 걸어 나와 비로소 한 사람으로 살아낼 용기가 생겼다.

이혼을 하고 한 1년 아이들 아빠는 연락이 없었다. 나도 굳이 연락할 이유도 없었고, 하고 싶지도 않았다. 그러나 아이들에게는 아빠가 해야 하는 역할이 있는데 이래선 안 되겠다 싶었고, 내가 연락하지 않으면 언제까지 그렇게 지낼 사람이란 생각에 먼저 전화를 걸었다. "아이들 보러 와, 데리고 놀러도 다니고." 이혼은 나랑 했지 아이들이랑 한 거는 아니니까 그렇게 해야 했다.

그 이후 아이들 아빠는 자주 아이들을 데리고 가서 함께 지냈고, 방학이면 내가 요구하는 장소로 아이들을 데리고 여행을 다녀오곤 했다. 영화관이나 미술관, 연극 등등은 시간이 나는 대로 데리고 다녔지만, 지리산 등반이나 스키장 갯벌 체험 같은 것은 운전을 못 하는 내가 하기에 버겁기도 하고 애들 방학 때도 일을 해야 했기에 함께 갔다 오도록 부탁했고, 잘 들어주었다. 그것만으로도 얼마나 다행이고 고마운 일이냐 생각하며 살았다.

명절이면 아이들 손에 선물 사들려 할머니 집에 보냈다. 부모 조상 없이 태어난 사람은 없고, 부모 조상을 모르고 살면 안 되는 일이니까. "애들은 뭐 한다 보여주는데?" 이런저런 사정을 아는 친한 친구들은 가끔 속도 없다고 나를 뭐라 했지만 "내 아이들을 위해서 그러는 거야. 그 사람 좋으라고 하는 일이 아니고." 웃으며 넘겼다. 아이들이 성인이 되기 전까진 듣는 앞에서 아이들 아빠에 관한 어떤 말도 하지 않으려고 노력했다. 내 감정이 전가되어 아이들이 아빠에 대해 잘못된 생각을 가지고 미워한다면, 그건 내 아이들에게 가장 불행한 일이란 걸 아니까.

운전자는 자신이 사는 쪽으로 핸들을 꺾고, 사람은 자기 살 구멍을 찾고, 기억은 입장 따라 왜곡되기도 한다는 걸 안다. 나도 예외는 아니라서 이렇게 쓰면서 양심이 들썩인다. 좋은 엄마였다고 포장하는 것은 아니다. 딸아이에게 너무도 미안한 엄마였고, 수많은 잘못을 하고 살았지만 노력했다는 말은 하고 싶다. 최선을 다해 사랑했다는 말은 해주고 싶은 것이다.

큰아이가 대학 3학년 때쯤이었을까. 방학이 시작되어 독일에서 들어온 작은아이랑 저녁을 먹다가 "엄마가 아빠랑 이혼해서 우리가 아빠를 사랑하며 살 수 있었어. 아빠랑 같이 살았으면 많이 부딪히고 그래서 미워했을 거 같아" 하길래 "왜? 아빠가 너희한테 잘했잖아. 근데 왜 그런 생각을 했어?" 했더니 "아빠는 참 착한데 사고방식은 진짜 구식이야. 무슨 이야기를 하면 대화가 잘 안 돼. 아빠랑 같이 사는 친구들도 아빠랑 이야기하면 고구마 백 개 먹은 기분이라고 많이들 이야기하는데, 그 기분 알 것 같아. 매일 같이 살았으면 우리도 그랬을 거야" 한다.

어쩌면 그것으로 충분하다. 사랑이라고 믿었기에 용감하게 결혼이란 걸 했고, 그래서 우리 아이들이 내게로 왔고, 나는 그 아이들과 세상을 잘 헤쳐나왔으니. 그리고 저거 아빠를 미워하지 않는 아이로 키웠고, 어떤 이야기도 함께 할 수 있는 사람들로 커 주었으니 그것으로 됐다. 결혼에 어울리지 않는 여자가 사람으로 살아가는데 딸보다 더 나은 버팀목은 없다. "이혼해줘서 고맙다는 딸들은 세상에 너거밖에 없을 끼다. 딸들, 엄마도 고맙다!"

# '옆집 아줌마'는 무슨 뜻일까

하루 두세 시간씩 자고 살아낸 시절이 있었다. 아이들 키우고 공부하고 밥벌이하면서 버텨낸 시간. 아침이면 현관문을 열며 '나는 할 수 있다.' 수없이 되뇌었고, 저녁이면 계단을 오르며 이웃집 된장찌개 끓는 냄새에 온 생애가 울컥하던 나날들, 아마도 그 치열했던 시절이 내게는 쨍쨍한 여름이었던 모양이다.

뜨거운 햇살을 가릴 천 조각 하나도 없이 땡볕을 걸었던 그때, 날 떠나지 않고 맴돌던 한 마디가 있다. "너도 옆집 아줌마처럼 살면 안 돼?" 결혼생활 중 들었던 말 중 가장 해석이 어려웠고, 제일 오랫동안 나를 따라다닌 문장이다. 도대체 옆집 아줌마는 어떻게 사는 건지, 그런 생각이었으면 옆집 아줌마와 결혼했어야지, 왜 나랑 했는지. 말이란 게 뜻이 해석돼야 이해를 하든 오해를 하든 할 텐데, 도대체 옆집 아줌마가 왜? 뭐?

관습적으로 배워 온 것들과 성장하는 과정에서 획득한 자존감이 늘 시소 놀이를 했다. 그렇게 행동하는 게 옳다고 믿어서 그 일을 했지만 늘 별나다는 이야기를 들어야 했다. 그냥 그러려니 모른 척 넘어가고, 속으로 삭이고, 혼자서 참아내고 살아야 하는 게 세상이 여자에게 용인하는 결혼생활인데, 옆집 아저씨처럼 살고 싶었던 남자에게 나는 옆집 아줌마에 한참 못 미치는 사람이었던가 보다.

진보적인 사람이라고 믿었던 사람이 결혼이란 제도 속에서 보여준 태도는 절망이었다. 어처구니없게도 나는 '내가 그렇게나 문제가 많은 사람인가?' 하는 질문 속을 떠나지 못하고 살았다. 좋은 게 좋은 거다, 적당히 넘어가면서 살아라. 세상이 가장 많이 한 그 조언을 한순간도 받아들일 수 없었는데, 눈 하나 달린 사람들이 사는 세상에서 눈 두 개 달린 나는 진짜 괴물일지도 모른다는 불안을 떨치지도 못한 것이다.

그가 말했던 옆집 아줌마가 '양말은?' 하기 전에 양말을 챙겨서 대령하는 사람이었는지, 남편이 돈을 못 벌어 와도 아무 소리 안 하고 나가서 일하고 아이들도 훌륭하게 키워내는 사람이었는지, 음주운전을 하고 와도 큰소리 안 내고 조용히 넘어가는 사람이었는지, 또 다른 어떤 의미였는지 지금도 정확히 알지 못한다. 이제 그것을 알고 싶지도 않을 뿐만 아니라 절대로 어떤 순간으로 돌아간다 해도 그가 말하는 그 옆집 아줌마로는 살지 못하는 사람이란 걸 알기 때문이다.

옆집 아줌마처럼 살지 못한 나는 아이들을 데리고 결혼생활에서 탈출했고, 최선을 다해 옆집 아줌마와는 다르게 살기 위해 노력했다. 그가 동경했던 옆집 아줌마가 옆집 할머니가 되어 갈 시간, 이제 내 삶도 가을 어느 모퉁이에 닿았다. 나는 앞으로도 그들이 아는 어떤 옆집 아줌마처럼 살지는 않을 작정이다. 나는 우리집 아줌마니까.

큰아이가 초등학교 3학년, 작은아이가 2학년 때 안동으로 이사를 했다. 내가 이혼했다는 걸 누가 매일 뉴스에 보도라도 하는지 학교에서 동네에서 모르는 사람이 없다. 그러거나 말거나 잘못한 것도 없고, 후회할 일도 없으니 신경 쓰지 않고 살았다. 말하다 지치면 안 할 것이고, 말하는 자기들 입만 아플 것이고, 그런 편협한 시각으로 와글와글 쓸데없는 데 시간을 낭비하고 사는 그네들이 불쌍했으니까.

그러던 어느 날 작은아이가 학교에서 울고 돌아왔다. 반 친구가 "너거 엄마는 애인이 백 명이나 있다면서?" 하고 놀렸단다. 그때 나는 대학원에 입학했고, 주간 일반대학원이었지만 학생들 대부분이 직장인이라 야간수업을 했고, 운전을 못 하기에 일을 마치고 아이들 저녁 챙기고, 시간이 되는 동학들이 데리러 오는 차를 타고 학교에 갔다. 매주 세 번씩 다른 차들이 와서 그 차를 타고 밤에 나가는 여자, 그 여자가 이혼했다니 얼마나 씹기 좋았을까. 얼마나 고소하니 맛있었을까.

자기 아이들 있는 앞에서 누구 엄마가 어떻고…, 그 시절 그 동네 노란 신문은 온통 내가 메인이었나 보다. 집에서 들은 이야기를 학교에 와서 우리 작은아이에게 고스란히 전하면서 내 귀에까지 들어오고 말았다. 그냥 가서 패버릴까도 생각했지만, 나는 여자들을 몹시 편애하는 사람이라 흥분을 가라앉히고 그 엄마들과 친분이 있는 지인에게 그분들을 좀 한자리에 모아 달라고 부탁했다.

어느 날 아파트 앞 찜닭집에 모여 있다고 연락이 왔다. 감정을 꾹꾹 눌러 다지고 태어나 배운 모든 교양과 이성을 동원해 그들 앞에 앉았다. 그리고 "다들 사시는데 애인 100명쯤은 있으시지요? 사람으로 태어나 사랑하고 의지하고 사는 사람이 100명도 없으면 너무 슬프잖아요.

그죠?" 아주 나지막한 목소리로 또박또박 말했다. 앞으로 한 번만 더 내 아이가 당신들이 한 시답잖은 말 때문에 울고 오는 일이 생긴다면 절대로 용서하지 않을 거라는 말도 단단한 목소리로 해주었다.

본질이 무엇인지에는 관심이 없는 종자들, 가십거리를 찾아 눈을 희번득거리고 살면서 온갖 교양은 다 찾는 부류들, 그 말을 듣고 전한 자기 아이가 울고 온 내 아이보다 훨씬 더 나쁜 상황이라는 것을 이해하지 못하는 모자란 사람들, 그런 이들 속에서 살아내기 위해서는 애인이 100명쯤은 꼭 있어야 한다. 그래야 숨을 쉬고, 똑같은 사람이 되지 않을 수 있으니. 다들 애인 100명쯤은 있으셔야죠!!

# 관습적 피해자

인생 가장 힘겨웠던 때 공부를 더 하고 싶다는 생각을 했고, 짐을 챙겨 안동으로 내려왔다. 85년에 대학을 입학하고 한 학기를 남기고 제적처리 되었던 탓이다. 일단 대학 졸업장이 있어야 다음 단계를 갈 수 있으니 다른 선택지가 없었다. 우여곡절 끝에 대학을 재입학하고 날려 버린 학점을 건져내고서야, 민속학 학사를 마치고 한문학과 대학원에서 다시 공부를 시작했다.

대학원 다니면서 참 많은 곳을 답사했다. 숱했던 장소 중 이십 년이 지난 지금도 기억에 선명한 그곳, 난설헌 허초희, 그녀의 무덤이다. 유독 여성과 사람, 이런 단어들에 대한 생각이 많았던 나는, 그런 생각이 꼬리를 물 때면 늘 난설헌 허초희, 그녀가 떠오르곤 한다. 남편과 후처가 나란히 묻힌 그 아래, 죽어서도 덩그러니 혼자인 그녀와 그 앞에 조그만 봉분 두 개. 아무런 정보가 없더라도 절로 스토리가 읽혀지는 풍경이다.

그녀는 조선 시대 어떤 여성보다도 나은 조건에서 태어나 자랐고, 가사 노동이 아닌 진짜 교육도 받았다. 아버지 초당 허엽의 영향으로 서얼에 대한 편견이 없었고, 가난한 여성들에 대한 애정이 많았다. 그러나 그것이 그녀 삶을 나은 곳으로 데려가지는 못했다. 철저한 남성 중심 사회에서 모든 행위는 남성이 용인하는 속에서만 가치가 인정되었고, 그녀가 타고난 재능이나 운이 좋아 받은 교육은 살아가는 일을 더 힘들게 했을 것이다.

조선이란 소천지에서 태어난 것과 여자로 태어난 것, 남편 김성립의 아내가 된 것이 평생 세 가지 한이라던 그녀가 스물일곱 나이로 세상을 떠난 지 400년도 훨씬 더 지난 지금 우리는 어디쯤 걷고 있을까? 그녀가 김씨 가문 사람으로 죽어 간 그 시간, 나는 아이들을 데리고 결혼이란 제도 속에서 뚜벅뚜벅 걸어 나왔으니 이만하면 천지가 개벽할 만한 발전이 있다고 해야 하나.

난설헌, 그녀가 죽은 지 400년이 훌쩍 지난 시간 그녀 앞에 다시 선다. 오십하고 몇 년을 살아오면서 하루에도 열두 번씩 '남성 중심 사회'라는 돌멩이에 걸려 넘어질 듯 비틀댔지만 이내 중심을 잡고 일어나 아무 일도 없었던 듯 씨익 웃곤 했다. 그래야 살아남을 수 있었고, 그래야 덜 부딪힐 수 있었고, 그래야 별나다는 말을 덜 들을 수 있었다.

그냥 지나칠 일이 아니었나, 그 말을 할 걸 그랬나, 떨쳐낼 수 없는 무엇들과 실랑이하면서 그래도 한 발 한 발 여자가 아니라 사람으로 살기 위해 애썼고, 나는 오늘 이만치 와 있다. 허초희 그녀가 살았던 삶에서 어쩌면 한 치도 달라지지 않은 것 같은 오늘이지만, 나는 이곳에서 또 한 바가지 물을 퍼서 '남성 중심 사회'라는 바다에 붓고 있다. 언젠가는 두 치, 세 치쯤 달라질 세상을 꿈꾸면서. 우리 딸들이 더는 어떤 돌부리에도 걸리지 않기를, 아무도 모르게 절망하고 혼자서 일어나는 일을 반복하지 않기를 바라며.

지난밤 침대에 누워 텔레비전 채널을 돌리다 우연히 〈궁금한 이야기 Y〉라는 프로그램을 봤다. 지방 국립대학교 산학연구단에서 전임 연구원으로 일하는 민아(가명)라는 여성이 지난해 송년회 때 직장 동료들과 노래방에 갔다가 과장으로부터 성추행을 당했고, 가해자와 함께 근무할 수 없으니 과장을 인사 이동해달라고 요청했지만 거절당했고, 학교 인권센터에 성희롱 사실을 신고했다. 인권센터에서는 여자를 성희롱 허위신고 가해자로 결론 내렸고, 여자는 소송을 제기한 상태라는 내용이었다.

어떤 형태든 사회생활을 해본 여성이라면 알고 있을 것이다. 회식자리에서 일어나는 비일비재한 일들을. 술은 할매라도 여자가 따라야 맛이지, 분위기 띄우게 노래 한 곡 해봐라, 직장 생활하는데 이 정도도 못 맞추면 집에 가서 애나 봐야지, 관습이란 괴물들이 도처에서 혀를 날름거리고 있다는 것을, 문제를 제기하면 돌아오는 것이 창창한 남자 앞길 망치려고 작정한 미친년이란 타이틀이고, 명백하게 잘못이 드러나도 사내가 그럴 수도 있지, 수없는 숨구멍이 그들에게 산소를 공급한다는 것을.

'세상이 다 그런데 말해봤자 여자만 손해니까 그냥 그러려니 하고 살지, 왜 분란을 만드는지 모르겠다'고 침묵하는 사람들조차 알고 있을 것이다. 노래방에서 손을 잡아끌고 내키지 않는 춤을 유도하고 몸을 밀착시키는 그런 류의 인간들이 어디에나 존재한다는 것을. '나도 보기는 봤는데 그건 딸처럼, 동생처럼 생각해서 격려 차원에서 한 일이지 다른 뜻은 없었을 거라'고 말인지 방귄지 모를 소릴 내뱉는 침묵의 동조들과 함께 아무 일도 없는 듯 세상이 흐르고 있다는 것을 알고는 있을 것이다.

대학원 다닐 때 답사를 많이 갔다. 그때는 2차 3차는 거의 노래방이 정석이던 시절이었다. 부산으로 답사 갔던 어느 날, 그때도 노래방에 갔다. 한문학과라 그랬는지 삼십 대 중반인 나보다 어린 동학은 두어 명이고 나머지는 전부 나이가 드신 분들이고 여자들이 더 많았다. 그때 그 교수는 학생들 사이에서 요주의 인물이었고, 평소 조용하고 여성스러운 언니들만 손을 잡아끌고 허리를 안고 어깨를 감싸며 세상 호탕한 듯 노래를 불렀다. 속칭 '자기 기분만 좋으면 원래 그런 행동을 하는 사람'이었다.

그날 남선생님들한테 교수 옆에 딱 붙어서 떨어지지 말고, 춤을 추자고 하면 먼저 일어나 그 옆을 에워싸라고 요구했다. 뭐 그렇게까지 해야 하냐고 생각하신 분들이 계셨겠지만 대부분 그 부탁을 들어주었고, 나는 술 취한 척 무시로 그 교수 조인트를 툭툭 까면서 무대를 누볐다. 소심한 복수라도 하지 않으면 화병이 날 것 같았으니까.

그 이후 그 교수는 대학 여자 화장실에 몰카를 설치한 혐의로 파직되었고, 모든 사람들은 올 게 왔다고 생각했다. 그까짓 것 어느 곳에서나 일어나는 일. 손목 한 번 잡히고 어깨동무 좀 당했다고 신고까지 하는 별난 여성들이 늘어나지 않는 한, 수많은 피해자를 만들어낼 수밖에 없다. 그 남자가 거대한 범죄자가 된 뒤에야 좀 심하긴 했다고 선을 그어 보편적인 남성의 범주에서 도려내고 서둘러 울타리를 보수하는 남성 중심 사회를 절대로 바꿀 수는 없다.

나는 민아 씨에게 우선 당신 잘못이 아니라고 말해주고 싶다. 내가 행동을 잘못해서 일어났나 수없이 자신을 돌아보고 절망했을 그녀에게, 오늘 그녀가 한 일들이 앞날을 살아갈 우리 딸들에게 길이 될 거라고 말해주고 싶다. 그리고 그녀가 포기하지 않기를 바란다. 잘잘못을 떠나 누군가와 싸운다는 것이 얼마나 자신을 갉아먹는 일인지 너무나 잘 알고 있지만 단 한 발자국도 물러나지 않기를 바란다. 잘못을 저지르고도 의기양양한 그들을 용서하지 않기를 바란다.

피해자가 순종한다고 해서 피해자가 침묵한다고 해서 가해자의 잘못이 없어지는 것은 아니다. 더 큰 피해자와 더 큰 가해자를 양산할 뿐, 태어날 때부터 기득권을 가지고 있던 사람들이 그것을 스스로 포기하는 경우는 드물다. 피해자가 네가 잘못해서 내가 다치고 네 잘못으로 내가 아프다고 소리치고, 응분의 대가를 치르게 해야 한다. 어쩌면 여성인 우리는 모두 민아라는 이름을 가졌다.

## 그 아이는 어떻게 살고 있을까?

큰아이는 가끔 "엄마, 00인 잘살고 있을까? 가끔 그 아이 생각이 나" 한다. 그 아이는 초등학교 1학년 안동으로 전학 오기 전 한동네에 살았던 딸내미 친구다. 세상 예쁘고 우아하게 생겼던 그 아이 엄마는 남편에게 매 맞는 아내였다. 그 아이는 폭력이 있을 때마다 온몸으로 막아서서 엄마, 빨리 도망가라고 외쳐야 했다. 동네에 소문이 자자했지만 남의 가정사이니 입을 떼거나 하는 사람도 없었고, 그 엄마와 두 딸만이 오롯이 폭력을 감당하고 살았다.

그 아이와 우리 아이들이 같은 어린이집에 다녔다. 그날은 어린이집 마치는 시간에 맞추지 못해 그 엄마에게 우리 아이들도 좀 데려다 달라고 부탁을 했다. 자기 집 가는 길이 우리 집을 지나는지라 몇 번인가 부탁했고 흔쾌히 들어주었던 터라, 그날도 그랬던 것이다. 집 앞에서 만난 그 엄마는 오늘 남편이 집에 없다고 했고, 고마운 마음에 그럼 우리집에 가서 같이 저녁이나 드시고 가라고 청했다.

아이들 네 명 챙겨 먹이고 소주 한 병 따서 한 잔씩 주고받았을까. 그 아이 아빠한테 전화가 왔고, 이러저러 설명을 하더니 그럼 여기로 오라고 하는 것 같았다. 가족들 찾아온 사람이니 남은 밥 퍼서 수저 놓고 잠시 화장실 다녀오니 부엌 바닥엔 깨진 소주병이 나뒹굴고 벽에는 피가 튀고, 살아생전 그런 난리는 처음이었다. 방에서 놀던 우리 딸들은 침대에서 얼음이 되어 울음소리도 내지 못하고 있는데, 그 아이는 달려나와 아빠를 막고 나섰다.

경찰에 신고했다. 경찰이 와서 그들을 먼저 데리고 갔다. 우리 아이들 아빠한테 전화해서 사정을 설명하고 아이들을 좀 봐달라고 하고 따라갔다. 가해자와 피해자를 나란히 앉혀놓고 조서를 꾸미고 있는 경찰. 내가 들어오는 걸 보고 "아니 여편네들이 일 마쳤으면 집에 가지, 모여서 소주나 처먹고 말이야!" 악다구니를 써대는 그 아이 아빠. 내 참 어이가 없어서! 정신을 가다듬고, "아니, 이렇게 나란히 앉아 이야기하라고 하면 어떻게 말을 할 수 있겠습니까? 피해자와 가해자를 분리하는 건 상식 아닌가요?" 일단 경찰 아저씨한테 항의부터 했다.

불과 그 며칠 전 가정폭력 방지법이 제정되었고, 그들은 그런 건 아직 모르는 듯하기에, 그런 법을 오랜 시간 노력해서 만들었다고도 이야기해 주었다. 아이들을 안심시켜 놓고 후배를 불러 보라고 했다면서 아이들 아빠가 경찰서로 들어왔다. "아니 형(학교 다닐 때 그렇게 불렀고, 이혼하고 다시 그렇게 불렀다). 여자들이 저녁 먹으면서 소주 먹으면 안 되는 거야?" 일부러 더 큰 소리로 말을 했더니, "그게 왜? 누가 그게 잘못이래?" 한다.

내 말은 귓등으로도 안 듣더니 경찰은 그제야 나한테 직업을 물어본다. 신문사에 다닌다고 했더니 그때부터 태도가 완전히 달라져서는 그 아이 아빠를 다른 방으로 데리고 간다. 몇 가지 물어보더니 나보고는 먼저 돌아가라고 했고, 아이들 아빠는 경찰서에 있다가 자정을 넘긴 시간에 와서는 그 집 엄마 아빠 다 풀려났다고 했다. 나하고 아이들한테는 해코지 못 할 거라고 자기가 단단히 말했다고도 했다. 제발 이렇게 위험한 일은 모른 척하고 관여하지 않고 살면 안 되겠냐고 사정을 하고는 돌아갔다. 그날 밤 동이 틀 때까지 그 아이 아빠가 엄마를 끌고 다니며 때렸다는 말은 다음날이 되어서야 들었다.

그 아이 아빠가 엄마(아이 할머니)를 앞세우고 찾아와 경찰에 신고한 거 사과하라고 난리를 친 것도 다음날이었다. 깨진 현관 유리창과 놀라서 경기를 일으킨 우리 딸내미들 병원비까지(아이들은 일주일도 넘게 치료를 받아야 했다) 전부 다 당신 아들 앞으로 청구할 생각이니 그리 알라고 했더니, 저거 엄마 치맛자락을 놓고 돌아가던 꼴이라니.

큰 딸내미는 자기 평생 처음이자 마지막으로 보았던 폭력, 그 장면이 잊혀지지 않는다고 했다. 그리고 그 기억이 떠오르면 그 아이가 어떻게 자라고 어떻게 살고 있는지 자꾸 마음이 쓰인다고 했다. 그런 아빠를 가지고 태어난 그 아이가 그것을 잘 극복하고 행복하게 살았으면 좋겠다고 하는 딸아이를 보면서 나도 늘 그 아이와 엄마가 아빠 폭력에서 벗어나서 살았기를 바랬다.

처음 맞은 이유가 집에서 브래지어 안 하고 있었다는 거였다니. 그 엄마는 자신이 뭘 잘못했는지 끊임없이 자책하며 살았다고 했다. 세상에 맞을 짓이란 없다. 맞으면서까지 지켜야 할 가정도 없다. 부모가 그러고 사는 사이 아이들은 고스란히 그 폭력을 배울 테니까. 자식 때문에 참고 산다는 그 엄마한테 말했다. 자식을 위해 헤어져야 한다고. 알고 있다고 했다. 그 엄마는 우리가 떠나올 때까진 결단을 내리지 못했다.

그 엄마는 형제가 여섯이라고 했다. 도망가면 부모 형제들을 찾아가 행패를 부리고 다 죽여버린다고 협박하는 통에 친정에서도 선뜻 나설 수가 없다고 했다. 시댁 식구들은 자기들이 그 포악함에서 벗어난 것에 감사하고 아들 눈치를 보며 산다고 했다. 도망도 가봤는데 어디든 찾아와서 더 무서운 일이 벌어질까 봐 이러지도 저러지도 못한다고도 했다. 그래도 아이들한테는 아빠가 있어야 한다고 말하는 사람들이 더 많다고, 자기만 참으면 되는 일이라는 생각에 포기했다고도 말한 것 같다.

아이들에게는 좋은 부모가 있어야 한다. 아내에게는 좋은 남편이 있어야 하고, 남편에게는 좋은 아내가 있어야 한다. 폭력만 안 쓰면 법 없이도 살 사람이라고? 폭력을 쓰기 때문에 그 인간은 이미 사람이기를 포기한 거다. 술만 안 마시면 착한 사람인데 술이 문제라고? 그 술을 마신 것이 그 인간이다. 그런 일을 당하고도 왜 그러고 사느냐고, 사회가 그들에게 피난처를 제공하고 울타리가 되어주고 난 뒤에 해도 늦지 않을 질책이다.

# 함께 가자 우리 이 길을

요즈음이야 청소나 빨래, 아이들 양육이 자기들 일인 줄 아는 젊은 남성분들이 많지만 우리는 아주 흔하게 "그걸 내가 왜 해야 하냐"라든가 "도와주는 데도 잔소리를 한다"는 말을 들으며 살았다. 삼십 대 말 아니면 사십 대 초였을까. 텔레비전 무슨 다큐멘터리를 틀어두고 있었는데 중국에서는 같이 일하고 들어온 부부 중 남편이 저녁을 준비한다고 하더라. 고개를 들어 화면을 봤더니 장모랑 아내는 거실 소파에 앉아 책을 보고, 남편은 부엌에서 음식을 준비하고 있다. 우리나라 진행자가 그런 상황이 이상하다고 생각하지 않는지, 그 남성에게 질문했다.

"아내와 저는 같이 사회생활을 하고 있고, 남자인 제가 체력이 더 낫기 때문에 제가 하는 게 맞다고 생각합니다." 그 남편 대답은 대충 그런 내용이었다. 그 말을 듣는데 갑자기 눈물이 났다. 저렇게 생각하는 사람이 있구나, 저렇게 사는 사람들도 있긴 있구나. 얼마나 안심이 되고 또 얼마나 부러웠는지 모른다. 그 남편 얼굴이 실제 어떻게 생겼는지는 기억나지 않지만, 그 이후 화면에는 장동건이 왔다 갔다 하는 것 같았다. 내 눈에는 진짜 그렇게 보였다.

남자는 하늘이고 여자는 땅이라는 말이 있다. 남자를 하늘에 여자를 땅에 비유하는 것도 웃기는 일이지만, 일단 그럴 수 있다 쳐본다. 하늘은 높이 있고 비를 내리고 태양을 비추고, 땅은 아래에 있고 만물을 품고 길러내고, 모든 생명은 그 안에서 살아간다. 근데 그게 왜 어떤 사람들에게는 남자가 여자보다 우월하다는 의미로 이해되었을까. 하늘은 높은 데 있고 땅은 낮은 데 있어서! 그게 하늘이 땅을 함부로 대하고 군림하는 거라고 보는 건 대체 어떤 머리에서 비롯된 걸까. 하늘은 하늘이 가진, 땅은 땅이 가진 역할이 있을 뿐, 종속관계가 아닌 것은 자명한 일이거늘!

여성이 위대하고 초월적인 존재가 되는 순간이 있다. 골몰하고 고통받고 차별받아도 묵묵히 자식들을 위해 헌신하는 어머니. 여성이 존재하는 이유는 오로지 모성이라고 그것만이 여성이 가진 유일한 본능이라고 강조될 때가 바로 그때다. 그런 엄마를 가진 아들들은 세상 거칠 것이 없다. 우리 엄마는 그렇게 살았는데 너는 왜 못하냐고 너무도 당연하게 칼날을 꺼내 든다. 한량이었던 아버지는, 엄마를 고생만 시키고 자식을 돌보지 않았던 아버지는, 당신도 괴로운 것이 있어 그럴 수밖에 없었을 거란 관대함으로 묻힌다. 아들은 아버지와 슬그머니 손을 잡는다. 딸은 엄마가 살아온 인생을 따라 산다.

가랑비에 옷 젖는 줄 모른다는 말이 있다. 큰비에는 외출을 삼가고 지붕을 손본다. 더 작은 문제가 문제다. 젖었는데 어깨 조금이라 젖었다고 말하기도 뭐하지만 축축하고 기분이 나쁜 건 어쩔 수 없다. 폭우는 물론이려니와 한 방울 물기에도 젖어야 했던 사람으로서 부탁한다. 모성이란 치맛자락 뒤에 숨어서, 남자들보다 더 남성사회를 옹호하는 여자들을 빌미로 관망하지 마시라. 사람으로 사람끼리 손잡고 모두가 행복할 수 있는 세상을 향해 함께 걸어가자, 우리.

# 마녀가 돼도 괜찮아

어떤 시의원이 사무실 여직원을 성폭행한 사건이 있었고, 그 이후 만난 동네 할머니들은 "머시마가 그럴 수도 있지. 뭐 그걸 가지고 고소까지 하냐"라고 골목이 와글와글했더랬다. 그 시의원은 합의했다는 명목으로 풀려났고, 또 시의원이 됐다. 꼭두새벽이면 일어나 동네를 한 바퀴 돌고 만나는 할머니, 할아버지들과 악수를 하면서 천 원짜리 오천 원짜리 손에 꼭 쥐어준다는 믿거나 말거나 한 소문이 돈 지가 오래된 분인데, 설마 손을 펴보니 들어있는 지폐 한 장에 홀랑 넘어간 것은 아닐 거라고 믿고 싶다.

말도 안 되는 전제지만, 설령 남성들이 여성보다 더 우월하고 능력이 있어서 그들을 중심으로 사회가 돌아가고 있다고 하더라도, 그렇게 능력 있는 남성들이라면 그 힘을 여성을 차별하고 억압하는 데 써서는 안 되는 일이다. 사회 약자인 그 나머지 구성원들을 목숨 걸고 지키고, 어떤 경우에도 그들을 먼저 돌보아야 할 의무가 있는 것이다.

그러나 지난 시절 그들은 사회가 혼란에 빠지면 가장 먼저 뒤로 물러나 여성들을 낭떠러지로 내몰았다. 병자호란 때 오랑캐에게 끌려갔다 돌아온 환향녀들이 그러했고, 일제강점기 때 일본 군인에게 던져졌던 이 땅의 딸들이 그러했다. 입을 모아 모성은 찬양하면서, 여성들 자궁을 통하지 않고 세상에 나온 남자는 한 명도 없는데도, 그녀들은 남성의 입맛에 맞는 역할과 행동을 하며 살아야 했고, 그 누구도 지켜주지 않아 철저히 짓밟힌 뒤에도 마치 그것이 그녀들 책임인 양 고통마저 전담해야 했다.

지금도 여전히 폭력과 갑질이 우월한 증거라고 믿는 사람이 있는 듯하다. 사람이 죽을 만큼이 되어야 폭력이고 뉴스에 떠들썩하게 나야 갑질이라고 생각하시는 분들도 있는 거 같다. 어디 여자가 감히! 그 말은 명백한 폭력이고 갑질이다. 작고 사소한 폭력이나 갑질은 없다. 모든 사안이 심각하고 즉각 중단되어야 할 일이다. 남자친구가, 남편이 휘두르는 폭력에 관대하다 보면 여자들은 반드시 주검이 되어 돌아온다.

남자는 그럴 수 있고 여자는 그럴 수 없는 일은 존재하지 않는다. 남자든 여자든 사람이라면 할 수 있고 사람이 할 수 없는 일들이 있을 뿐이다. 여자이거나 남자이기 때문에 해도 되고 할 수 없다는 말을 쓰지 않는 것, 잘한 일들은 사람으로 칭찬하고, 못한 일은 사람으로 처벌하는 일, 의식 혁명은 그렇게 시작했으면 좋겠다. 바스티유 감옥으로 전진한 사람들이 프랑스 혁명이란 거대한 물줄기를 만들었듯이, 우리도 함께 한 걸음 한 걸음 사람들이 사람으로 어울려 사는 그곳으로 전진했으면 좋겠다.

딸로 태어나 사회 구성원으로 살면서 내가 겪은 어떤 일정한 패턴이 있다. 어떤 조직 사회에 들어가면, 그중 스스로 자신이 굉장히 괜찮다고 믿는 몇 명이 먼저 관심을 보인다. 멋있다느니 뭐 그런 말들, 듣는 입장에선 놀림인지 호감인지 구별하고 싶지도 않은 그런 말들을 쓰윽 들이댄다. 두어 번 회식을 하고 난 뒤, 버릇이 나쁜 사람들에게 대놓고 경고장을 날리면 그다음부터 바로 안면을 바꾼다.

멋짐의 경지에서 끌어 내려지는 것은 물론이려니와 뒤에서 일거수 일투족을 씹기 시작한다. 여자가 이렇고 저렇다는 말이 하루에도 수십 번씩 여러 의도를 가진 사람들을 통해 들려온다. 그다음 어떤 모임에서 내가 여자라서 당신만큼 공부를 못 했나, 당신만큼 일을 안 했나, 당신이 꿈도 못 꾸는 육아까지 하면서 이런 회식 자리도 안 빠지고 꼬박꼬박 잘 참석하는데, 할 말 있으시면 앞에 대놓고 하시라고 펀치를 날리면, 다시는 나를 상대로 좋다 싫다 어떤 리액션도 취하지 않는다.

그런 이상한 남성분은 한두 명밖에 안 되고 대부분은 진짜로 좋은 사람들인데, 조직원이란 이름표를 달고 출근 도장을 찍으면, 그 한두 명이 뭐라 떠들든 침묵하고 본 것도 들은 것도 기억 속에서 지워버린다. 침묵은 동조라고 굳게 믿는 나로서는 참 슬프고 참담한 현실이 아닐 수 없다.

딸아이 둘을 데리고 엄마로 사는 일은 세상이 모두 자기편이라고 해도 콩이 튀고 팥이 튄다. 하물며 현실이 이런 지경이니, 까짓거 기꺼이 마녀가 되기로 한다. 같이 술을 배웠고 평생을 함께 술을 마시고도 불리한 순간에 가면 여자가 술을 마시니 어떠니 하면서 일단 분위기를 전환하는 사람들. 믿고 사랑했던 사람들조차도 그 패러다임에만 들어가면 뒷걸음질 치고 침묵하는 세상에서 주저앉지 않고 사람답게 살아내는 일은 어지간한 배짱으론 할 수 없는 일이다.

그냥 나는 여자이기 때문에 말도 안 되게 당하는 가중처벌만 하지 말아 달라고 부탁했을 뿐이다. 지위와 권력을 가진 그들이 온갖 법망을 다 빠져 다니면서 사는 세상에서 부당하게 약한 고리에 쏟아내는 폭력을 거두고 함께 평화롭게 살았으면 좋겠다고 바랐을 뿐이다. 조직 속에서 여성은 기계를 돌리는 단순한 부품으로조차 취급받지 못하고 휴지나 커피잔처럼 생각하는 사람들이 있었다. 침묵으로 동조하는 다수에 힘입어 여전히 사라지지 않는다.

공부 머리가 안 돌아가는 아이에게 계속 잘한다, 네가 최고다 칭찬만 하는 것은 도움이 될까. 자기 능력보다 과도한 칭찬은 독이 된다. 잘하는 척은 해야 하고 따라갈 수는 없고, 스스로 중심점을 찾지 못한 아이의 삶은 왜곡될 수밖에 없다. 자신이 잘해서가 아니라 태어나보니 사내는 나쁜 짓을 해도 그럴 수 있는 사회가 떠억 펼쳐져 있으니, 그 과도한 칭찬이 누구에게 약이 되었겠는가!

고백하건대, 내 애정은 몹시 편파적이다. 좋은 사람들에게 편파적이고, 좋고 나쁨을 떠나 대부분 여자에게 편파적이다. 그리고 내 애정은 칭찬이 아니라 인정(認定)을 우선한다. '남자가 그럴 수도 있지'라든가, '여자가 말이야'라는 말이 존재하는 한 편파적 애정도 계속될 것이다. 나는 기꺼이 마녀가 되어 살았다. 앞으로도 그런 사람들이 있는 곳에서는 주저하지 않고 마녀가 될 작정이다.

이번 한 달 살기를 하면서 생각한다. 조금 더 나이가 들면 나와 같은 과인 마녀들과 함께 이 도시에서 몇 달, 저 도시에서 몇 달 여행하며 살아보고 싶다. 요즈음 코리빙 하우스가 많이 생겼다고 하던데, 따로 또 같이 생활할 수 있는 공간을 빌리면 여행이 아름다울 거 같다. 원하지 않았지만, 마녀라는 왕관을 쓰고 살아내야 했던 서로를 따뜻하고 아름다운 주술로 보듬으면서 하하호호 함께 한 시절을 살아보고 싶다. 전국에 계신 마녀님들 손!!

# 여자의 일생

서른을 훌쩍 넘기고 들어간 대학원 수업 뒤풀이 자리에서 노래방을 갔다가 〈여자의 일생〉이란 노래를 처음으로 들었다. 워낙에 음치 박치이기도 하거니와 태생도 가무에 능한 구석이라고는 없었으니, 대학 들어가면서 라디오를 통해 7080 가요를 접하고 안치환, 윤도현, 이문세 노래를 좋아했던 터라 오래된 가요를 잘 알지 못했고 들을 기회도 없었다. 들었지만 기억에 저장되지 않았던 걸지도!

'참을 수가 없도록 이 가슴이 아파도 여자이기 때문에 말 한마디 못하고 헤아릴 수 없는 설움 혼자 지닌 채 고달픈 인생길을 허덕이면서 아아 참아야 한다기에 눈물로 보냅니다. 여자의 일생.' 노랫말이 너무 적나라해서 듣고 있는 게 힘이 들었다. 그런 시절이 있었기에, 그런 여자의 일생이 지탱해 온 시절이 있었기에 쓰이고 불린 노래겠지만 심장에 돌덩이를 무더기로 올려놓은 것처럼 무거워서 도망치듯 밖으로 나왔다.

그 후에 찾아보니 그건 1968년에 발표된 노래다. 1968년 그 시절에는 여자의 일생이 이러했다는 노래가 긍정적인 영향을 가졌을 수도 있겠다 싶다. 다들 그렇게 사는 건데 노래해도 되는 거였어, 라는 뭐 그런…. 그러나 새로운 세기에 그 노래를 처음 듣게 된 나로서는 '노래가 생명이 이렇게 길 수가 있어'라는 생각에 놀랍기도 하고, 아직도 이 노래는 현재진행형이구나 싶어 착잡하기도 했다. 전부는 아니지만 내가 살았던 삶도 노래에서 몇 발자국 떨어지지 않은 곳이어서 화도 났다.

여전히 절절하게 불리는 노래, 이제는 그 노래가 노래박물관 어디쯤에서 박제되었으면 좋겠다 싶다. 남성이 중심인(중심이어야 한다고 믿는 사람들이 중심인) 사회를 유지하는데 여성들이 얼마나 지대한 공헌을 했는지 잘 알고 있다. 시집살이를 혹독하게 당한 며느리가 더 지독한 시어머니가 되어 당신들 세월을 대물림했다는 것을.

상주 전역의 나이 드신 어르신들을 인터뷰했다. 누에 농사 경험담을 채록하기 위한 일이었다. "우리 부모가 나를 공부시키쓰만 이러고 살았겠나." 시집오니 시어머니가 계집은 매를 대야 말을 듣는다고 자기 아들한테 가르치고 시누이는 거들고 나서더라는 이야기를 쏟아낸 칠십 중반 어르신이 계셨다. 대여섯 살부터 입 하나 덜자고 남의 집 식모살이를 했다는 아흔여섯 할머니는 그러다 열다섯 살에 일본 보국대에 끌려가 인천 어딘가 명주실 뽑는 공장에서 일했고, 다음 해 해방이 되어 집에 돌아왔더니 아버지가 바로 결혼을 시켰단다. 지지리도 없는 살림에 일은 안 하고 걸핏하면 두들겨 패는 남편하고 그래도 살아야 하는 줄 알고 살았단다.

100명(대부분 연세 일흔 이상의 여자) 가까운 분들과 인터뷰를 하면서 내가 필요한 이야기가 아니더라도 다 들어드리려고 노력했다. 그렇게 해서라도 그분들 한이 조금이라도 풀렸으면 좋겠다 싶었다. 여자들이 엄마들이 고생한 세월 그 마음이야 모두 공감하지만, 온갖 미사여구를 붙여 그 삶을 찬양할 수는 없다, 그렇게 산 세월을 옹호할 생각도 없다. 덜 참았어야 했다, 아니, 부당한 일들은 참아서는 안 되는 거였다.

여자가 어떻게 혼자 아이를 키우고 사느냐느니, 집안에 누워만 있어도 남편은 있어야 한다느니, 아무리 잘난 척해도 지가 여자지 별수 있냐느니 하는 말들을 간혹 아니 어쩌면 흔하게 들었다. 지금까지 암암리(대놓고는 아니라고 믿고 싶다)에 통용되는 말이다.

남의 편 때문에 못 살겠다고 주야장천 이야기하는 사람들을 만난다. 그들 중 대부분은 진짜 못 살겠다 싶어서가 아니라 어떤 부분 서로가 다르고 힘들 때가 있다는 말이기에 노력해서 바꿔 가며 잘살라고 이야기한다. 그중 몇 퍼센트쯤은 절대로 같이 살면 안 되는 사람들과 살고 있다. 폭력, 주사, 무시 따위가 도를 넘어선 상태, 남자라는 단 한 가지 이유만 가지고 집안에서 폭군이 되기를 주저하지 않는 그들은 단 1분도 더 함께해서는 안 되는 사람이다.

참 희한하게 절대 같이 살면 안 되는 사람들과 사는 그들 중에 여자가 어떻게 혼자 아이를 키우고 사느냐느니, 집안에 누워만 있어도 남편은 있어야 한다느니, 아무리 잘난 척해도 지가 여자지 별수 있냐느니 하는 말들을 믿고 있는 사람들이 더 많다. 실상을 들여다보면 육아도 밥벌이도 자신이 하면서 여자이기 때문에, 엄마이기 때문에 아이들을 위해서 참아야 한다고 굳게굳게 믿고 있다.

그들이 하는 말 중에 아이들을 위해서 참고 산다는 말이 제일 싫다. 아이들을 위해서 참으면 안 되는 일을 두고 아이들 핑계를 댄다. 실상은 자신이 모자라서 거기서 벗어날 자신이 없는 것인데, 그래도 아이에게는 아빠가 있어야 한다고, 자기만 참으면 아이들은 괜찮을 거라고, 삼척동자도 안 믿을 이유를 갖다 붙이고 그 안에서 함께 병들어가고 있으니 참으로 갑갑하기 그지없는 일이다.

견문이라고 한다. 보고 들은 것, 그것은 어떤 것보다 우선한다. 어른이 되어 고치고 달라지려고 해도 나고 자라면서 보고 들은 것들은 참으로 힘이 세다. 책을 읽고 받아들인 지식이 자기 것이 되는 순간은 그 비슷한 경험을 했을 때다. 체득이란 것이 그래서 중요하다고 선조들이 말씀하신 것일 테다. 견문과 체득은 한 몸이다. 생활하면서 보고 들은 것은 바로 몸으로 받아들인다. 아이들을 위해서라면 절대로 같이 살아서는 안 되는 이유이다.

여자가 혼자 아이를 키워도 어떤 부당한 대우도 받지 않는 사회, 남편이든 아내든 아파서 집에 누워 있는 사람은 버리지 않고 함께 살 수 있도록 도와주는 제도, 여자가 기를 쓰고 잘난 척하지 않아도 사람으로 존중받는 세상을 만들어 가는 것이 우리가 해야 하는 일이다. 여자가 어떻게! 걱정하지 마시라. 대부분 여자들은 사람답게 살아낼 자질을 갖추고 있으니 믿으시라. 자기 자신을.

# 3장

# 엄마와 나의 평행선

# 가자, 가족 품으로

형제들끼리 때가 되면 같이 모여서 살자고 이야기한 것은 오래된 일이다. 각자 아이들 키우며 사느라 눈코 뜰 새 없는 시간에도 우리 형제들은 자주 고향에서 모였고, 그럴 때마다 함께 살자는 이야기를 자주 했다. 사촌들 가운데 1번인 우리 큰아이가 대학을 가고 2번인 작은아이가 독일로 유학 가면서 구체적으로 말이 오가기 시작했다.

그러다 대구에 살면서 한 달에 절반 이상은 중국에서 공장 운영과 무역을 하던 남동생이 먼저 고향으로 돌아왔다. 아이들이 학교 다니고 동생댁도 일이 있는지라 대구와 고향 두 집 살림을 시작한 것이다. 그즈음 우리가 다니던 초등학교가 문을 닫으면서 매각결정이 내려졌다. 동네 땅을 외지인에게 넘길 수 없다고 판단한 오빠는 그 터를 사들였고(할아버지가 학교 지으라고 희사했던 땅이다) 남동생은 거기다 오토 캠핑장을 열었다.

집으로 들어오라는 이야기가 잦아지고 있었지만, 그때 오빠는 태양광발전소 지으면서 시공업체가 부실공사를 해 소송이 진행 중이었고, 남동생도 중국 공장을 접고 들어와 캠핑장을 시작한 지 얼마 지나지 않은 때라 신중할 수밖에 없었다. 그러는 사이 오빠는 소송에서 승소했고,

남동생이 운영하는 캠핑장도 자리를 잡았고, 농업회사법인도 만들었다. 엄마가 자꾸 나이 들어가시니 대대로 내려온 장 담그는 일도 배우고 우리 집에서만 먹는 여러 음식도 익혀 두어야 하는데, 그걸 할 사람이 나밖에 없으니 서둘러야 할 것 같았다. 안동 아파트와 상주 고향집을 오가는 두 집 살림이 시작되었다.

"오빠야, 사실 난 자신이 없어. 내가 이혼하고 타지에 떨어져 사는 건 그래도 엄마나 오빠한테 직접 피해는 없는데, 이제 집에 내려가서 다니면 동네 사람들 시선이 부담될 거야. 엄마가 그걸 견디는 게 쉽지 않을 거고…." 귀향 이야기가 나올 때마다 했던 말이다. 사람이란 머리로 아무리 이해해도 눈앞에 벌어진 상황에 적용시키는 건 어려운 일이니까.

"그럴 거야. 엄마가 아무리 안 그러려고 해도 남의 시선 신경 안 쓰고 살 수 없을 거고, 그래서 어려운 문제가 생길 수도 있겠지. 그러니까 귀향하고 3년간은 다른 일 하지 말고, 상주 시내도 나가지 말고, 엄마가 마음으로 받아들일 수 있도록 하는 게 좋겠다. 같이 노력해 보자. 차차 나아질 거야. 엄마는 현명하고 강한 사람이잖아." 오빠가 용기를 주었고, 어차피 언젠가 돌아가야 하는 일이니 부딪혀보자 싶었다.

내가 엄마가 되어 살면서 우리 엄마가 얼마나 대단한 사람인지 절절하게 느끼고 마디마디 뼈아팠기에 뭐든 엄마한테 맞추고 엄마 이야기 잘 들어주고 그렇게 살아야겠다 다짐하고 다짐했던 것도 용기가 되어주었다. 나는 엄마한테는 죄인이니 엄마가 무슨 말을 해도 그러려니 하고 넘기자고 굳게 마음먹었고, 살아낸 세월이 있으니 할 수 있으리라 생각했다.

그렇게 귀향하면서 나에게 약속하고 가족들에게 선언한 것이 있다. "앞으로 3년 동안 책을 읽지 않을 거야. 머리로만 알아온 세상은 좀 쉬어 가도 좋을 거 같아. 될 수 있으면 아무 일도 하지 않을 거야. 너무 오래 동동거리고 최선에다 차선까지 얹어 발광하듯 열심히 살았어. 한동안 아무 생각도 없이 살 거야." 거창한 선언이 아니더라도, 자연만 읽고 배우기도 가슴 벅찬 시간들이 기다리고 있었다.

# 그 술 내가 마셨냐고요

귀향살이 하루하루는 단순했다. 참새들 재잘거리는 소리에 해가 뜨면, 식구들 끼니를 챙기고, 집안을 청소하고, 엄마를 따라 이 밭 저 밭을 오가며 상추며 배추며 무와 파 참깨 들깨 고추 철 따라 심어둔 여러 작물을 보살피고, 집안 풀도 덜어내고, 강변을 따라 긴 산책을 하고, 엄마 기분을 살피고 또 살피고…, 저녁이면 고단한 몸은 쓰러졌고, 타향에선 늘 복잡했던 머리가 비워지고 홀가분히 잠에 빠져드는 날들이 이어졌다.

아버지 돌아가시고 그 많은 농토에 안 지어본 농사가 없이 몸을 움직여 우리를 키운 엄마는 여전히 새벽에 눈만 뜨면 논밭이 궁금해서 못 사는 사람이다. 제발 일 좀 그만하라고 자식들이 아무리 잔소리를 해도, 밤새 아파서 잠들지 못했던 다리 통증도 밭에 가 앉기만 하면 씻은 듯 사라지나 보다. 에휴! 엄마를 따라 밭에 갔다가 점심때가 되면 먼저 집에 들어와 밥을 챙기곤 했다.

오빠와 남동생은 밖에서 사람 만날 일들이 많다. 사람 사는 일이 사람들과 같이 이루어지는 일이니 사람을 안 만나고 할 수 있는 일은 없다. 집과 들과 밭, 동네 말고는 아무 데도 안 나가는 나와는 달리(나도 작정만 하면 만날 사람은 천지지만 3년간은 아무것도 안 하기로 약속한 것도 있고 해서 참는 거임) 그들은 사업상, 친교상 만나야 할 사람들이 많고 그러니 저녁 약속이 많고 술을 마시는 날도 많다.

이틀 사흘 연거푸 아들들(특히 오빠) 저녁 약속이 있는 밤이면 엄마 히스테리는 극에 달한다. "내가 그놈의 술을 다 없애든지 해야지. 무슨 인간이 분작이 있어야지. 죽을라고 환장을 한 것도 아니고, 매일 그노무 술… 내가 아주 몸써리가 난다. 저 어마이가 죽어도 술 먹으러 가느라 못 올 끼다. 내가 술 먹자고 부르는 놈들 아주 응기 난다…." 분노는 쉴새 없이 이어진다. 누가 들으면 아들이 영락없이 알코올 중독인 줄 알겠다.

"엄마, 일이라는 게 다 사람들을 만나야 이루어지고, 그러다 보면 술도 한잔하고 그럴 수도 있잖아. 지금 아홉 시도 안 됐어. 그리고 넘의 아들이 술 먹자고 한 건지 엄마 아들이 술 먹자고 한 건지는 속단할 일 아니여." 이런 말이라도 붙이는 날이면 "그래서 술 먹다가 죽어도 된다 말이가? 지 엄마가 죽는지도 모르고 이카는 게 잘했단 말이가?" 엄마 넋두리는 높아만 지니 입을 다물고 그 말이 내 심장에 박히지 못하도록 죽어라 딴생각을 하는 수밖에. 엄마랑 같이 안방에서 생활하는 터라 달리 숨을 곳도 없다.

그런데 말이다. 지치지 않고 이어지던 분노는 아들이 귀가하는 순간 눈 녹듯 사라진다. 그만큼 화가 치밀어 올랐으면 들어오는 아들놈을 패든지 해야 할 텐데, "내가 술 아주 응기난다" 하는 목소리엔 이미 노기는 다 빠지고 오빠 너스레 한 번이면 밥이라도 먹으려나 싶어 부엌에 불

켜기 바쁘다.

그런 밤이면 나는 심장이 너무 불규칙하게 뛰어서 잠들 수 없다. 사람들과 마찰이 생기는 걸, 특히 식구들 사이에서 큰소리 나는 걸 정말 못 견디는 탓으로 이불을 쓰고 등을 돌리고 누워 진정되지 않는 가슴으로 새벽을 맞는다. 화를 내던 악다구니를 하던 그 일을 한 사람이 오면 하는 게 정상이지. 그 술을 내가 먹었냐고요!!

# 콩이 튀고 팥이 튀는 날들

다른 작물보다 좀 수월하다는 생각에 포도 농사를 짓자고 결정했고, 여기저기 흩어진 다른 농토에는 초당옥수수를 심었다. 그러나 농사란 어느 하나 쉬운 게 없어서, 포도는 순이 올라오는 순간부터 수확 때까지 계속 순을 쳐주어야 하는 포도순 지옥이었고, 초당옥수수는 수분이 많아 따서 바로 가공하고 포장하지 않으면 노화되어 상품 가치가 떨어졌다.

일꾼을 사서 하면 되는데 품삯이 아깝다고, 우리끼리 하면 된다고 솔선수범하는 엄마 덕분에 그즈음 하루하루가 아주 죽을 맛이었다. 게다가 일 년에 열댓 번이 넘는 제사는 전부 음력 2월부터 10월 안에 있으니 한창 농번기인 여름에는 돌아서면 제삿날이다. 그날도 고조부 기제 날이었다. 아침 먹자마자 장 보러 나간 엄마가 설거지 끝내고 나니 전화가 온다.

"너하고 나하고 같이 하면 오전에 이거 다 마칠 수 있을 것 같으니, 오전에 옥수수 포장해놓고 오후에 제사 채리자. 빨리 온나." 당신 할 말만 하고 끊어진 전화기를 들고 멍해졌다. 제사라고 놉(일당과 음식을 받고 하루 일하는 사람. 또는 그런 사람을 고용하는 것)을 두 명 했고, 주 중이라 며느리들은 못 온다고 했으니 엄마랑 둘이서 해야 하는 일이라 서둘러도 빠듯하겠다 생각하고 있던 참이었다. 오전에 일을 끝내면 오후 품삯을 아낄 수 있다는 엄마 계산을 말릴 수 있는 사람은 아무도 없었고, 나는 감출 길 없이 퉁퉁 부은 얼굴로 나가 그 일을 해야만 했다.

콩이 튀고 팥이 튀고, 오후에 제사를 차려 지내고 나니 눈물이 왈칵 쏟아진다. "놉을 샀으만 하루 일을 시키면 되지, 아니 그 돈이 얼마나 한다고 제삿날까지 왜 그러는지 도저히 알 수가 없다. 내가." 오빠와 동생한테 하소연했더니 다음 날 아침 먹으면서 "엄마! 우리가 일꾼들 사서 알아서 할 테니까 제발 나와서 일 좀 하지 마." 둘이서 한마디씩 한다. "일이 다 때가 있는데, 너거는 바쁘고 내가 가서 안 보면 일이 되기나 하나." 그냥 듣고 계실 엄마가 아니다.

땅콩이나 파, 배추, 양대니 무 그런 것들은 엄마가 혼자 심거나 나랑 같이하면 되지만 식구들이 전부 나가서 해야 하는 일이 있다. 고추를 심는 날, 고구마를 캐는 날, 옥수수를 따는 날 등이 그런 날이다. 농사일이라는 게 한나절하고 나면 땀으로 범벅이 되고, 옷은 흙범벅이 되기 십상이니 집에 들어오면 일단 씻고 옷부터 갈아입어야 한다.

엄마랑 둘이 들에 갔다 오면 아픈 다리를 끌고 들어오신 엄마 옷을 가지러 내가 바삐 움직인다. 엄마도 당연한 듯 천천히 들어와 "아고 다리야!" 연신 아프다는 걸 어필해가며 안마루에 걸터앉아 한 박자 쉰다. 그러나 아들과 함께 일하고 온 날은 사뭇 다르다. 차에서 내리는 순간부터 마음이 급하다. 마루에 먼저와 대자로 뻗은 아들을 지나 쏜살같이 방으로 들어가 아들 옷을 챙겨 나온다. 당신 옷에서 뚝뚝 떨어지는 피로쯤은 그 순간 아무것도 아니다.

"내가 갖다 줄게 엄마는 가만히 있어." 그런 말을 하면 큰일 날 것만 같은 숭고함에 입도 뗄 수가 없다. 오직 당신만이 해야 하고, 당신 손으로만 할 수 있는 일이라야 비로소 편안해지는 그 무엇. 그것이 엄마를 살아오게 한 힘 중에 가장 원초적이고 강력한 것이란 걸 알기에 뒷짐지고 서서 표나지 않게 고개를 젓고 만다. 그건 엄마에게 신성불가침의 영역이다.

귀향은 남은 시간을 고향에서, 엄마 옆에서 살아야겠다는 것이 첫 번째 목적이었다. 대대로 먹어왔던 우리집 음식을 배우고 후손들에게 전해야 한다는 의무감도 그 못지않은 이유였다. 된장, 간장, 고추장, 담북장, 집장, 박장, 약과, 유과, 전과, 타래과, 수란, 족편, 피편…. 대를 이어 먹어왔고, 내가 먹고 자랐던, 그러나 이제 특별한 날에나 한번 할까 말까 하는 음식들을 내가 배우지 않으면 안 될 것 같았다.

귀향하면서 3년은 느긋느긋 시골살이를 배우고 익히며 지내자는 생각이었으니 엄마 따라 농사일도 하고, 이런저런 구상도 하고, 아침저녁 산책도 하면서 지냈다. 첫해에 의욕이 너무 앞서 모든 농사일을 다 따라 다녔더니 오른팔 팔꿈치가 덜컥 고장이 났고, 이명에다 심장에도 약간 문제가 생겨 농사일을 다 할 수 없었지만, 여러 채의 집을 청소하고 집 안팎 풀 뽑고 귀향살이 하루하루는 장마철 구름이 흐르듯 빠르게 지나갔다.

농촌이, 농가가 살아남는 방법은 직거래와 가공밖에 없다는 생각이 들었고, 결국 신뢰가 그 모든 것을 좌우하겠다는 결론에 도달했다. 일상을 사람들과 공유하는 거야말로 신뢰를 쌓는 일의 기본이라 생각했고, 독일 간 아이 때문에 시작하고 간간이 이야기를 쓰던 온라인 공간에 귀향살이 나날을 기록하기 시작했다. 그러자니 사진을 찍고 그것을 올리고 하는 시간이 늘어났다.

"엄마, 우리가 된장 고추장 사업을 하려면 많은 사람들한테 이렇게 농사를 짓고 이렇게 메주를 쑤고, 이렇게 고추장을 담는다는 것을 알려야 하는 거야. 근데 그걸 하는 최선의 방법이 인터넷 세상에다 하는 거고." 아무리 조곤조곤 설명해도 "뭐 한다고 그런 걸 찍는다꼬 난리고!" 그냥 지나칠 수 있는 일이고, 당신한테 하등 피해가 가는 것도 아닌데 엄마는 지치지도 않고 잔소리를 한다. 귀향살이 뭐 하나 그냥 넘어가는 것이 없다. 에휴.

사진은 타이밍인데 사진기를 꺼낼 때마다 심장이 덜렁덜렁, 찍지 못하고 넘기는 일이 더 많았다. 그까짓 잔소리 그냥 듣고 내 할 일 하면 됐을 텐데. 그때는 그것이 세상에서 제일 어려웠다. 심장이 불규칙적으로 뛰기 시작하면 호흡이 가빠지고 토할 것만 같은 상황이 찾아왔다. 오랜 시간이 지나 다 잊어버린 줄 알았고 괜찮아졌다고 믿었던 어린 시절 트라우마들이 일제히 깨어나 활개를 치는 탓이다. 난 그걸 어떻게 해야 하는지 알지 못했고, 엄마는 다 지난 그 일은 까마득히 잊었고, 그깟 일로 내가 당신한테 원망을 가질 수 있다는 것을 인정하지 않았다.

어느 날 여동생이 "엄마가 공정하지는 않았지만, 우리한테도 최선을 다했고 이제 엄마가 나이 들어 우리가 섭섭했던 걸 말하면 공격당한다고 생각하고 자기 인생이 허무하다고 느낄까 봐 겁이 나"라고 했다. 내 마음에도 있었던 생각이라 눈물부터 났다. "알아, 그런데 난 매일 뾰족한 칼로 심장을 찔리는 기분이야. 나가 사는 동안 떠올리지 않았고 잊었다고 믿었는데, 우리 엄마를 누구보다 사랑하는데 심장이 벌렁거리기 시작하면 세 살쯤 어린아이가 되는 거 같아. 그 아이가 자꾸 떼를 쓰고 울어. 내 안에서."

## 내 죽거들랑 그때나 울어라!

범식이와 시월이는 진돗개다. 한날한시에 우리 집에 왔는데 그 아이들이 남매인진 확실치 않다. 그 아이들이 우리집에 왔을 때는 귀향하기 전이었고, 가끔 집에 오면 산책길을 앞서거니 뒤서거니 따라다니곤 했다. 뒤뚱뒤뚱 폴짝폴짝 앞서가다 내가 오나 뒤돌아보고 기다리던 완전 귀여운 아가들이었다. 그리고 얼마 안 있어 나는 집으로 내려왔고, 범식이와 시월이는 성견이 되었다. 풀어 놓고 키우면 좋겠지만 시골에는 멧돼지나 고라니 때문에 설치해둔 망들이 많아 대문 앞에 목줄을 해 놓고 키웠다.

형제들이 돌아가며 같이 산책을 하고, 목줄을 풀고 동네를 한두 바퀴 같이 돌았다. 그날은 남동생이 범식이와 시월이를 데리고 캠핑장에 갔는데, 범식이가 놀러 온 남동생 친구한테 달려들어 말리는 과정에서 남동생 다리를 무는 일이 발생했다. 우리 엄마는 강아지를 별로 좋아하지 않는 데다 아들을 물었으니 그 누구도 구제할 방법이 없다. 범식인 개장수한테 팔려갔다. 그 길이 어디로 가는 길인지 알기에 엄마 몰래 통조림 하나 따서 먹이고 식구들 몰래 숨어 우는 것 말고 아무것도 하지 못했다.

그렇게 시월이만 남아, 아침에 눈 뜨면 밥하고 물 챙겨주고, 핀셋으로 밤새 달라붙은 진드기를 떼주며 3년 정도를 지냈다. "개한테 하는 거 내한테 반만 해봐라." "자는 개가 지 자식인 줄 안다." "진드기 옮는다고 만지지 말라는데 와 말을 안 듣노!" 상습적이고 빈번하기까지 한 엄마 잔소리를 감내해야 했다.

아침밥 먹을 준비를 하는데 "시월이가 어데 가고 없네" 하는 소리가 들린다. 그때 나가서 찾아 묶었어야 했는데. 밥 챙기고 청소하느라 잠시 잊고 있었다. 오전 10시쯤 오빠가 시월이를 차에 태워 들어왔다. 윗동네 절에 가서 스님 애완견을 물어 죽였다고 전화가 와서 데리고 왔다고 했다. 수도 없이 사과하고 어떤 보상도 하겠다고 말씀을 드렸는데 우리집 개도 없애라고 다른 건 필요 없다고 하더라고. 우리집에서 나 다음으로 개나 고양이를 좋아하는 오빠는 착잡한 표정으로 말했다.

눈물이 앞을 가렸지만 숨어 울 곳도 없어서 사랑채 부엌 앞에서 불도 없는 아궁이만 보고 있는데 그걸 본 울 엄마. "너 어마이 죽거들랑 울어라. 눈물이 아깝다." 엄마한텐 그깟 개일 뿐이고 그것 때문에 청승 떠는 딸이 눈에 거슬렸겠지만, 언제나 심장을 관통하는 말을 어쩌면 그리도 잘 찾아내고 거침없이 쏟아내는지 도무지 알 수가 없다.

"난 어릴 때부터 일하는 언니들하고 강아지가 마음 붙일 곳이었어. 그들은 나를 차별하지 않았고, 야단치지도 않았고, 언제나 내 마음을 알아주는 것 같았으니까. 내가 강아지한테 잘하는 게 엄마한테 무슨 해가 된다고 그렇게까지 그슬리고 난리 칠 일이야." 목구멍까지 차오르는 말은 눈물에 막혔고, 다음날 안동 집에 와서 일주일을 혼자 펑펑 울고 나서 돌아갔다.

외가에 들고양이들이 많이 다니는 걸 본 큰아이가 고양이 사료 한 포대를 보내왔다. 엄마 아시면 또 무슨 사달이라도 날까 싶어 마음이 불편했지만, 남동생이 대문 앞에 내려둔 사료를 사당 앞 구석진 곳으로 옮기고 못 쓰는 냄비랑 강아지 밥그릇에다 사료와 물을 놓아두었다. 새끼를 낳은 어미 고양이가 아가들을 데리고 밥을 먹으러 왔다.

뒤곁까진 살살이 관심을 안 가지셔도 좋으련만, 며칠 후 사료를 발견한 엄마는 "그러다 산천을 다니는 고양이가 다 몰려오면 우얄라고 그라노!" 화가 나셨다. "엄마, 고양이는 영역이 있는 동물이라 한 녀석이 차지하면 다른 녀석들은 안 와. 사람이 일부러 개입해서 서로 친하게 만들어 키우는 게 아니면 밥 준다고 모든 고양이가 몰려오는 것은 아니야. 어차피 쥐가 많아 고양이가 있어야 하잖아. 그리고 밥도 못 먹고 삐쩍 골아서 새끼 데리고 다니는 거 너무 불쌍하잖아." 아무리 설명을 해도 그때뿐, 밥 주러 나갈 때마다 "쟈는 저거 어마이보다 고양이 강아지가 더 중한 기라." 억지를 부리신다.

나는 동물에 대해 씻을 수 없는 죄를 지은 사람이라 최소한 내 눈앞에 있는 아이들이 밥 굶고 죽어가지는 않았으면 좋겠다 싶었고, 고양이 사료라 해봐야 20킬로 한 포대에 2만 원 남짓이고 그것이면 서너 달은 먹고도 남으니 돈이 들어간다고 할 수도 없다. 몇 번 말하면 그걸로 말면 될 텐데, 그래야 딸 마음이 편하다니 좀 봐주면 될 텐데. 날이면 날마다 잔소리 폭탄을 터뜨리니 고양이 밥 주러 갈 때도 엄마 눈치를 보느라 전전긍긍, 그러는 사이 심장은 날로 더 제멋대로 뛰고 진정이 되지 않은 날들이 늘어 간다.

어떤 순간에도 날 용서할 수 없는 기억이 있다. 그것이 타인에 의해 일어난 일이 아니라, 자신에서 비롯된 일일 때 잊을 수도 없고 잊히지도 않는다. 태연한 척 아무리 시간을 흘려보내도, 그 날짜 그 시간을 잊는 데 성공했다고 해도 절대로 벗어날 수는 없다. 그런 잘못이 하나둘이 아니었다는 게 살아온 날들을 돌아보게 하고 살아갈 날들을 두드려 보게 하지만, 돌이킬 수 없는 잘못은 내가 스스로 내 심장에 박은 대못이다. 박힌 채 살아야 한다.

유난히 동물을 좋아했던 작은아이는 툭하면 학교 앞에서 파는 작은 동물들을 집에 데려왔다. 병아리가 그랬고 햄스터도 예외는 아니었다. 토끼도 있었다. 야단을 치니 뜸한가 싶었던 어느 날, 아이들 방 청소를 하러 들어갔는데. 책상 서랍에서 쥐가 무언가를 갉아먹는 소리가 난다. 설마 아파트에 쥐가…. 시골에서 자라 쥐랑 동거한 세월이 오래지만, 녀석들의 움직임과 소리는 도무지 적응되지 않았다.

심호흡을 크게 하고 서랍을 뒤졌더니 글쎄 작은 서랍 마지막 칸에 햄스터 한 마리가 떠억! 이미 서랍 삼 분의 일을 갉아 먹은 뒤였다. 결국 햄스터 집을 사고 톱밥을 깔고, 심심하지 말라고 쳇바퀴도 하나 사서 넣어주었다. 그날부터 햄스터는 거실에서 살았다. 그렇게 한 식구로 산 지 꽤 시간이 흐른 어느 날, 그때는 뭐가 맨날 그렇게도 힘이 들었을까? 왜 나만 세상 모든 짐을 홀로 짊어지고 걸어가야 하지, 왜 나한테만 이렇게 가혹한 건데. 대상을 딱히 정하지도 못한 분노들이 우글우글 끓어 넘치던 시절이었다.

일하고 공부하고 아이들 챙기고, 콩이 튀고 팥이 튀던 어느 날, 대학원 수업 마치고 늘 그랬듯이 뒤풀이 술자리까지 갔다가 들어온 날이었다. 그 어떤 이유로도 용서할 수 없는 그 일이 일어나고 말았다. 눈에 띄는 햄스터 집을 번쩍 들어 베란다 창을 열고 집어 던진 그 일이….

그날 이후 우리는 누구도 햄스터에 대해 말하지 않았고, 햄스터는 우리집에 있은 적도 없는 듯이 살았다. 큰아이가 대학에 가고, 작은 아이가 독일로 유학을 떠난 후, 조금 느슨해진 양육 덕분에 혼자 있는 시간이 많아진 즈음, 날이면 날마다 햄스터 생각에 숨이 막혔다. 아이들에게 그날 일을 사과했다. 엄마가 정말로 잘못했다고, 너무 미안하다고, 오랜 시간 여러 번 사과하고 또 사과했다. 그런다고 달라질 무엇도 없다는 걸 알면서 그렇게라도 해야 살 수 있을 거 같았다.

잘못이야 어디 하나둘이겠는가. 그러나 생명을 내 손으로 버린 일은 아무리 시간이 흘러도 용서할 수가 없다. 죽어버렸을 그 어린 생명에게 용서를 구한다고 될 일이 아닌 줄 알면서, 그래도 빌고 또 빌면서 산다. 그래서 나는 모든 동물에 부채의식을 가지고 있고, 길냥이 한 마리도 그냥 지나치지 못하고 마음을 묶고 서성인다. 엄마 눈을 피해 고양이 밥을 챙기고 여기저기 물그릇을 채운다. 살아라. 죽지 말고 명대로만 살아라. 제발.

내가 그 아이들 삶을 구제할 수는 없지만, 최소한 거기 오면 먹을 밥은 있도록 해주고 싶었을 뿐인데, 어차피 우리집을 영역 삼아 살아가는 한 식구인데, 그게 왜 그렇게나 싫은 건지…. 이쯤 되니 일부러 그런다는 생각밖에 들지 않는다. 엄마한테 피해가 가는 것도 아니고, 엄마보고 밥을 주라는 것도 아니고, 그게 왜 그렇게도 눈에 거슬리는지. 내가 미워서 그렇다고밖에 생각할 수가 없다. 내 집에서 내가 고양이 밥도 맘 편하게 못 주는데 여기서 사는 것이 가능할까. 엄마한테나 나한테나 떨어져 사는 것이 훨씬 좋은 일이 아닐까 고민은 깊어만 갔다.

# 누가 우리 엄마 좀 말려 주세요

엄마, 오빠, 나, 남동생 평상시 고향집에 사는 식구다. 엄마 빼고 우리 형제들은 김천, 안동, 대구에 가족들이 생활하는 집이 따로 있지만 번갈아 자기 집에 다녀오는 때 말고는 대부분 시간을 고향집에서 함께 지낸다. 특별한 일이 없는 한 아침은 같이 먹는다. 약속이 많은 오빠랑 남동생은 점심을 먹고 오는 경우도 많고 저녁도 별반 다르지 않다.

엄마랑 밭에 갔다가 점심 먹으러 들어오는 길이면 "너거 오빠한테 전화해봐라. 점심 먹으러 오는가. 동생한테도 해 보고." "나가면 도통 연락이라고는 없으니, 밥 먹으러 온다 안 온다 전화라도 하면 좀 좋아." 엄마 밥걱정은 끝이 없다. "나가면 더 잘 먹고 댕기니까 걱정하지 마. 글고 오늘은 들어오면 한소리 해야겠네. 전화 좀 하라고." 안 들어올 줄 알면서 다짐을 한다.

동네 정자는 우리 밭에 있다. 봄부터 가을까진 그 정자에서 동네 사람들이 점심으로 국수도 삶아 먹고 간식으로 적도 부쳐 먹고 한다. 그런 날은 엄마도 그냥 거기서 점심을 드실 때가 많다. 그런데 말이다. 아들들 연락 안 한다고 그렇게 성화이신 우리 엄마는 나 혼자 집에 두고 나가신 날은 밥을 먹는다 만다 아무런 연락이 없다. 기다리다 못해 혼자

훌훌 한 숟가락 떠먹고 나가면. 그제야 생각이 난 듯 다급하게 "나는 여서 밥 같이 먹었다. 드가기 귀찮은데 여서 먹으라고 하도 캐싸서…."아, 네에. 그게 정상이지요. 아들들이 엄마한테 하면 안 되고, 엄마가 나한테 하면 되는, 내가 하면 로맨스 남이 하면 불륜.

우리 형제들 걱정 대부분은 엄마 건강이다. 서른둘에 남편 잃고 네 남매 키우느라 논밭에 나가 허덕거리며 사시는 동안 허리는 굽고 다리는 삐이 돌아가 버린 우리 엄마. 지금도 일손을 놓지 못하고, 눈만 뜨면 밭에 나가 앉아 계신 울 엄마. 정작 자식들은 그런 엄마 때문에 속이 터져 죽을 지경인데 죽자고 당신 방식만 고집하는 우리 엄마.

봉건시대 내로라하던 종가라 농토가 많은 편이다(완전 깡촌이라 땅값이 상상 이하인 건 안비밀이다). 직접 짓는 농사는 당신 손으로 다 하셔야 직성이 풀리는 엄마 때문에 될 수 있는 한 많은 농토를 남에게 맡긴다. 그런데도 농사지을 사람이 자꾸 줄어드는 농촌 사정상 건사해야 하는 곳이 많다. 놉을 사자는 자식들과 직접 하면 되는데 왜 쓸데없는 데 돈을 쓰냐는 엄마의 실랑이는 늘 평행선을 달린다.

그것만이겠는가? 어느 날은 밭도 모자라 밭둑에 난 풀을 매고 있다. "아니 매봐야 또 풀 날 텐데 뭐 한다고 그걸 매고 있어." 수도 없이 말려봐도 어머니 밭둑 매기는 일주일을 넘기고서야 끝이 났다. 거기엔 땅콩을 심었고 수확한 땅콩은 두 되도 되지 않는다. 내가 말리면 짜증부터 내니 어느 순간부터 말을 하지 않게 된다. 그나마 오빠 말은 들으니 "엄마 땜에 몬 살것다. 아니 땅이 모자라 그라는동!! 돌무데기 밭둑은 왜

매고 있는데. 돈이 없는 것도 아니고, 밥을 못 먹는 것도 아닌데. 동네 사람들 보기 남새시럽다. 자식들이 안 말리고 뭐 하냐고 할 거 아이라" 했더니, 그날 저녁 오빠가 "어메, 땅이 쪼매 모자라지. 내가 더 사주까? 어둡다고 일 안 하고 집에 계시만 되겠는가? 차 태워 드릴 테니 밭에 나갈라는가?" 어깃장을 놓는다. 땅을 다 판다고 해도 안 되고, 자식들이 동네 사람들 보기 창피하다고 해도 안 되고, 이러다 덜컥 엄마가 못 움직이고 아프기라도 하면 한옥에선 생활하기 힘들어 자식들하고 같이 살 수도 없다고 협박을 해도 안 되고. 누가 우리 엄마 좀 말려 주세요. 제발!!

# 니가 뭘 안다고!

시골 어른들은 농산물을 파는데 계산법이 아주 단순하다. 가공하지 않은 것은 시장에서 형성되는 가격을 이리저리 알아보고 그것보다 좀 싸게 팔고, 된장이나 고추장 같은 것은 거기에 들어간 콩이나 고춧가루 값보다 조금 더 받고 팔면 그만이다. 자식 같은 마음으로 가꾸고 보살피며 거둬들인 농산물이지만, 농민들 주머니만 쥐어짜는 농촌정책 탓으로 가격은 무조건 싸게 받아야 한다는 생각을 가지고 있는 것이다.

반면 나는 직접 농사지은 농산물들이 정당한 가격에 거래되어야 한다고 생각한다. 원가가 몇 푼 되지도 않는 과자나 아이스크림 같은 건 몇천 원씩 주고 사 먹는 게 당연하고, 농산물은 헐값에 덤으로 얹어 주기까지 해야 한다고 믿는 소비자 의식도 바꾸어 가야 한다. 땅을 일구고 농사를 짓고, 거기에 쏟아부은 시간과 비용과 노고는 아랑곳하지 않고 정해지는 농산물 가격이란, 농사지어 밥 먹고 살 수 없는 구조를 만든다.

세세한 것까지는 밀쳐두고라도 아이스크림값에 공장 땅값부터 기곗값과 감가상각비까지 포함된다는 것은 알고 있는 사실이다. 그러니 된장 가격은 땅값, 콩을 심고 가꾸며 든 인건비(엄마들은 놉을 안 쓰고 자신이 직접 한 일은 인건비 계산도 하지 않는다), 수확해서 씻고 메주를 끓이고 메주를 디디고 띄우고 된장을 담는 데까지 1년, 그리고 된장을 가르는 시점까지 또 1년, 적어도 우리가 된장으로 음식을 해 먹기까지 최소한 2년이란 시간이 걸린다. 그런데 엄마한테 그 된장은 콩 원가 얼마 천일염 얼마 그것이 계산법의 전부다.

귀향 3년째, 상표 등록을 하고 된장, 고추장, 간장병을 선택하고 스티커를 맞추고 본격적으로 일할 준비를 하면서 엄마와 내가 가진 가격에 대한 다른 생각이 첨예한 문제로 떠오르기 시작했다. "엄마, 원가는 땅값부터 농사지은 인건비, 끓이고 담고 기다린 시간까지 전부 다 생각해서 정해야 하는 거야. 거기다가 포장에 든 비용까지 합해서." 아무리 설명해도 엄마한테는 엄마 계산법이 정당하다.

지인들을 통해 소소하게 물건이 팔려나가기 시작했고 그때마다 엄마는 "그게 얼마라고?" 하루도 빠지지 않고 눈에 띄면 가격을 물어보시고는 "양심이 있어야지. 도둑놈이 따로 없네." 혼잣말처럼 딸 속을 뒤집는다. 여전히 동네 사람 생일까지 다 기억하고 이웃 제삿날도 다 아는 엄마가 한 번 물어본 가격을 잊어서 매일 묻는 것이 아니다. 당신 생각과 맞지 않으니 어깃장을 놓는 것이다. "엄마, 엄마한테 이걸 사라 하는 것도 아니고 소비자가 비싸다 하지 않는데 엄마가 왜 나한테 양심까지 들먹이며 이러는지 나는 도저히 이해할 수가 없어. 왜 그러는데. 도대체?"

"어메! 임이가 하는 대로 두고 봐, 그냥. 그렇게 하는 게 맞아." "엄마, 누나가 다 알아보고 하는 거니까 그냥 맡겨둬. 농산물 가격이 이게 말이 안 되는 건 엄마도 알고 있잖아." 오빠랑 남동생이 거들면 잠잠하다가 다음날이면 또 같은 상황이 반복된다. 양심이 없다니, 내가 농사짓고 내가 정성 들여 만든 된장을 제값 받고 파는 것이 양심이 없는 일이라니. 엄마는 무엇을 위해 나한테 그런 말까지 하는 것일까? 그 험한 날들을 살면서 남한테도 한 번도 들어보지 못했던 말을 어떻게 엄마가 나한테 할 수 있을까? 내 심장은 날마다 병들어갔다.

귀향 3년 동안은 아무것도 하지 않고 지내기로 한 약속을 지켰고, 이제 슬슬 뭔가 시작해야겠다는 생각이 들었다. 식품회사 상표 등록을 했고, 평소 생각하고 있었던 상주기록문화연구원을 만드는 일도 시작했다. 안동집에 가는 일 말고는 동네 밖을 나간 적이 없는 내 귀향살이 반경이 상주 시내까지 넓어지는 순간이었다.

운전을 못 하는 탓에 여러 가지 일을 하려면 도와줄 사람이 필요하다고 판단했고, 엄마와 오빠에게 그 문제를 상의하고 몇 개월의 시간을 두고 그 일을 진행했다. 다음 해 2월부터 합류하기로 했던 후배는 12월 중순에 직장을 그만뒀다고 내려왔고, 같이 메주 쑤기부터 시작하기로 했다.

몇 개월 전부터 이야기했고, 여차여차한 과정을 거쳐 월급을 마련하고 이렇게 저렇게 해나가겠다고 브리핑을 마친 일이었지만, 눈앞에 후배가 나타나고 캠핑장 사택에서 생활이 시작되면서 엄마의 심기는 날로 불편해졌다. 새벽 다섯 시 메주 솥에 불을 넣으러 나가도 눈길 한 번을 주지 않는다. 콩을 씻으려고 하면 "가마이 놔둬 니가 뭘 안다고!" 장

작을 더 넣을까 물어도 "가마이 놔둬 니가 뭘 안다고!" 메주를 쑤는 긴 시간 동안 나는 앉지도 서지도 못하고 엉거주춤 엄마가 부리는 심통을 받아야 했다.

메주 쑤기를 마치고 조청을 달였다. 고추장을 만들기 위해서였다. 메주도 조청도 불 조절이 관건이라 직접 해 보면서 감을 익혀야 하는데 아무것도 손을 못 대게 하니 뒤에 걸구치지 않게 서 있는 것 말고 할 게 없다. 조청을 다 달여 고추장 담을 큰 다라이에 담아 안마루에 갖다 두었다. 언제 고추장을 섞을지는 엄마 마음이라, "엄마, 지금 고추장 담을 거야?" 물었더니 "몰라, 이따 담든지 내일 담든지" 하시기에 "그럼 산책 좀 갔다 올게" 하고 나갔다.

이내 여동생에게 전화가 온다. "엄마 지금 고추장 담는대. 이따 하라고 해도 막무가내야." 후배를 불러 허겁지겁 돌아가니 혼자 하면 되는데 뭐 한다고 왔냐고 짜증을 낸다. 고추장 섞는 일은 팔 힘이 많이 들고 아무래도 더 힘이 센 남자들이 하기에 적당한 일이다. "엄마, 그냥 야한테 하라고 해, 이쪽 거는 내가 할게." 억지로 주걱을 뺏어 후배 손에 들려주고서야 고추장 담기는 마무리가 되었다.

식구들끼리 하면 되는데 뭐 한다고 월급을 주면서 사람을 부르냐고 하실 거면 상의를 할 때 강력하게 말씀하셨어야 한다. 이래저래 듣고 있다가 눈앞에 일이 벌어지니 마음에 안 드셨다 해도 당신 딸 체면을 생각해서라도 그렇게까지 하지 않아도 되실 일이었다. 혹 만에 하나라도 후배가 남자라서 이혼한 딸이 동네 사람들한테 무슨 말을 들을까 봐 걱정되신 거라면 솔직하게 그 말씀을 하시고 딸을 믿으셨어야 했다.

돌아올 수 없는 강을 건너는 일은 너무나 찰나의 순간에 일어난다. 적당히 하고 말았으면 좋았을 일을 너무 오래 뻗대는 순간 훽 하고 일어나 버린다. '그래, 내가 뭘 안다고, 내가 뭘 할 수 있다고 서로 감정을 갉아먹어 가면서 여기에 더 있겠노!' 그날 나는 강을 건너는 배를 탔고, 8개월간 가출은 그렇게 시작됐다.

# 우리 사이에는 '사이'가 필요하다

부모가 가진 사랑이 무한하다거나 열 손가락 깨물어 안 아픈 손가락 없다거나 하는 말이 거짓이라고 생각하진 않는다. 부모가 되어보니 그 말이 가진 의미를 더 알게 된 것도 사실이다. 무한한 사랑도 상황과 대상에 따라 차이가 나고, 손가락이 아픈 정도가 달라진다는 것도 진실이다. 부모가 그런 마음을 얼마나 잘 컨트롤하고 아이들에게 들키지 않느냐가 관건일 뿐, 부모도 사람이기에 자식이 밉기도 하고 곱기도 하고, 더 이쁜 자식이 있고, 안 맞는 자식도 있다.

대처로 공부하러 가기 전 열 살까지 고향에서 살았던 시절은 내 삶 전체에서 가장 풍요롭고 완전한 시절이었다. 꿈에도 그리웠던 고향 산천이 있어 타지에서 버티고 살아낼 수 있었다. 그 하늘과 그 구름과 바람 한 점까지도 좋은 사람으로 날 살게 해준 고마운 존재들이다. 버스에서 내려 고향집이 보이기 시작하면 이전에 골몰하던 모든 것들은 스르르 사그라지는 그런 마법이 존재하는 곳이었다.

그런 곳인데 어린 시절을 떠올리면 평온하고 아름다운 풍경 이면에 따라 오는 슬프고 난감한 기억, 상황은 잊히고 감정만 남아 따라다니는 그것이 무엇인지 애써 알려고 하지 않았고, 아니 의도적으로 지우려고 노력했다. 그렇게 잊은 듯 잘 지내왔는데, 귀향하면서 날마다 어린 시절 그때 그 감정 속에서 허우적거리고 있는 나를 마주해야 했다.

아무리 발버둥쳐도 바꿀 수 없는 애정 등급제. 태어나면서부터 정해져 있었던 무엇. 너무도 선명하고 완고해서 반항할 수 없었던 그것. 집에서 나는 4번이지만 온 세상을 통틀어도 내가 4번일 테니 그것으로 되었다고 합리화하면서 잊고 지냈던 날들이 날마다 치밀어 올라와 감정을 마비시키고 급기야 심장까지 갉아먹기 시작했다.

무릉도원인 고향이란, 그냥 한 번씩 다녀가는 것이 최선이겠구나. 결론에 닿고 닿았지만, 일주일에 한 번, 혹은 열흘에 한 번, 안동집에 가서 마음을 가다듬고 다시 귀향하면서 그렇게 4년째가 되던 그날, "오빠야 이제 나한테 아무것도 하지 마." 그 한마디를 하고 가출을 단행하고 말았다. 이렇게 가다가는 내게 남은 엄마에 대한 사랑까지 다 갉아 먹힐 것 같은 불안이, 부정맥으로 오락가락하는 심장이 어느 순간 딱 멈출 것만 같은 두려움이 발걸음을 밀었다.

떨어져 지내며 가끔씩 만나는 것이 최선일지도 모른다. 가족이란 너무도 전면적인 관계여서 의도하지 않아도 상처를 주고받는 사이인데, 맞지 않는데도 삐걱대며 함께 사는 건 무모한 일이다. 떨어져 있으면 궁금하고 걱정되는데 눈앞에 있으면 하나부터 열까지 마음에 차지 않는 딸, 우리 엄마에게 나는 그런 딸이구나 하는 결론에 닿았을 때, 거기까지는 가지 않기 위해 무던히도 노력했는데 딱 그 생각이 커다란 절벽이 되어 앞을 막았을 때, 내가 눈앞에서 사라져 주는 게 엄마를 위해서도 필요한 일이겠다고 생각했다.

안동집으로 온 이후 코로나는 점점 더 기승을 부렸고, 우울과 우울과 우울과 손잡고 찾아든 갱년기는 더 깊은 우울을 데려왔다. 상주박물관과 계약한 상주지역 양잠 실태 조사를 해야 하는데, 같이 일하기로 한 후배는 일련의 사태 속에서 무슨 생각을 했는지 말 한마디 없이 연락을 끊었고, 전화도 받지 않았다. 30년 세월 선후배로 살아온 정으로 이러이러해서 저러저러하겠다는 말이라도 해주었으면 좋았을 텐데, 내가 잘못한 것들이 있다면 함께 대화하고 해결책을 찾으면 되는 일일 텐데 침묵과 단절을 선택해버렸다.

책임감 없이 가출을 단행했다고 생각할 수 있었을 테고, 자신 때문에 관계가 악화된 건 아닐까 염려도 있었을 것이다. 나 때문에 일어난 일이고 저는 잘못이 없는데 연락이 닿지 않으니 지옥을 사는 것과 다름없는 날이었다. 약속한 일은 해주어야 하는 탓에 코로나로 강의가 없어진 선배에게 부탁했고, 석 달 동안 선배 차로 안동에서 상주를 오가며 누에 농사를 지은 분들 인터뷰를 마쳤다. 보고서도 무사히 넘겼다.

"언제든 집에 오고 싶으면 전화해라. 나는 아버지가 주신 내 형제들 어떤 상황에서도 포기 안 한다. 가족은 언제나 그 자리에서 기다리는 사람들이니까, 마음 편하게 먹고 오고 싶을 때 연락하면 된다." 세 번인가 장문의 메일을 받아 본 오빠는 문자를 보내왔다. 그 이후 가족들은 아무도 날 채근하지 않았다. 해결하지 않고 그냥 집으로 가는 건 똑같은 일을 반복하는 길일 뿐이란 걸 알기에 내가 가진 트라우마를 극복하는 것이 우선되어야 한다고 생각했다.

'찬찬히 들여다보고 풀어서 써보면 묶인 매듭을 풀 수 있지 않을까? 평생 꿈이었으니 이 기회에 한 번 엮어보자. 내게 주어진 마지막 기회일지도 모르니 지금 그것을 하자!' 보고서를 제출한 다음 주에 제주도 한 달 살기를 시작했다. 내 속에서 나를 괴롭히는 실체를 똑바로 보고, 시도 때도 없이 울컥거리는 심장을 진정시킬 유일한 방법은 살아온 날들을 종으로 횡으로 재구성해보는 거라고 믿었다.

아흔아홉 개 잘못을 가진 딸이 단 하나 엄마가 지은 허물을 붙잡고 늘어지는 몰염치한 일을 나는 해야만 했다. 아무에게도 들키지 않으려 애쓰고 살았지만 '그래, 내가 그렇지. 우리 엄마도 안 좋아하는데 누가 나를 좋아하겠냐.' 시도 때도 없이 바닥을 드러내는 자존감을 온전하게 세우기 위해서, 아무 말 하지 않아도 그 앞에만 서면 자꾸만 주눅이 들고 불편해지는 관계를 개선하기 위해서, 내 딸들에게 저지른 잘못들을 있는 그대로 듣고 인정하고 사과할 수 있는 엄마가 되기 위해서, 거기서부터 나 자신을 들여다보는 일을 해야만 했다.

사람 사이에 사이를 만드는 일은 생각만큼 쉽지 않다. 너무 멀지도 너무 가깝지도 않은 어느 지점, 가까워야 할 때는 다가가고 쉬어야 할 때는 단번에 거리를 늘이는 것은 감정을 다듬지 않으면 불가능한 일이고, 들여다보고 인정하고 연습하고 단련하는 것이 필요하다. 남원읍 남태해안로에 한 달짜리 내 방을 마련했고, 나는 걷고 울고 쓰고 또 썼다.

# 다시 시작하는 나이

사춘기를 그닥 요란하게 겪지 않았다. 사실 우리가 그 나이 때는 사춘기가 그렇게 별난 일이라는 의식이 없었고, 더군다나 11살에 공부하러 타지로 나가 하숙하고 자취하며 산 탓에 방문을 쾅 닫고 들어가 버리는 따위의 사춘기 기초도 마스터하지 못했다. 들어주고 보아줄 부모가 옆에 있어야 가능한 일이니까. 친한 친구들과 수다를 떨면서, 함께 우울하면서, 서로 비슷한 감정이니 그게 정상이려니 하면서, 그렇게 그 시절을 넘었다.

그러니 갱년기가 어떨지 상상한 적도 없고, 성장통을 아무렇지 않게 넘었으니 늙으러 가는 길도 무던히 지나가려니 생각했다. 자다가 식은땀이 흐르면 일어나 앉아 나이 들어가는 육체를 마주해야 하고, 어떤 놈이든 걸리기만 해봐라, 아주 확 마! 하루에도 열두 번씩 이유도 없는 화가 화르르 끓어오르면 그동안 갈고 닦은 교양과 이성도 무용지물이란 생각이 든다. 우울이 밀려오면 끝도 없이 가라앉는다.

그런 시간이 벌써 서너 해 아니 그것보다 더 된 것 같은데, 좀체 사그라들 기미가 보이지 않으니 이제 갱년과 정면으로 마주해야겠다는 생각을 하게 되었다. 적을 알고 나를 알면 백전백승이라는데, 너무 피하고 모른 체하려고만 했다는 자각이 들었기 때문이다. 일단 갱년기가 어떤 녀석인지 찬찬히 연구해야겠다 싶어 사전을 찾았다.

'주로 50세 전후로 폐경이 되며 개인에 따라서는 이 시기가 빨리 오거나 늦게 올 수도 있습니다. 이러한 변화는 대개 40대 중·후반부터 시작해 점진적으로 진행되는데, 이때부터 생리가 완전히 없어지고 1년 정도까지를 갱년기라고 합니다. 그 기간이나 증상은 사람마다 매우 다양하게 나타납니다. 갱년기에 가장 흔하게 나타나는 증상은 생리가 불규칙해지는 것입니다. 또한 여성호르몬 결핍에 의한 증상이 나타나는데, 우리나라 여성들 중 절반 정도는 급성 여성호르몬 결핍 증상(안면홍조, 빈맥, 발한 등)을 경험하는 것으로 알려져 있습니다.'

일단 내가 겪고 있는 증상은 전부 갱년기이기 때문에 생긴 것이고 나만 겪거나 내게만 일어나는 일이 아니라니 위안이 된다. 누구나 겪어낸 일이라면 나도 할 수 있을 테고. 폐경이 아쉽거나 여자로서 생명이 어떠니 하는 마음은 일도 없으니 호르몬이 생체리듬에 따라 제 할 일을 하고 있구나 생각하기로 한다. 일흔에도 생리를 한다면 세상 사람들이 다 죽은 뒤에 나 혼자 불로장생하는 것만큼 끔찍한 일일 것이다.

어른이 되기 위해 성장통이 있는 것처럼 늙으러 가는 길에도 통증을 준비하는 자연의 이치에 놀라고 있다. 통증은 조심하라는 신호니까. 이제 지금까지와는 다른 길로 가야 하니 등산복도 신발도 스틱도 점검하라는 친절한 이정표일 테니. 대학까지 16년을 학교 다니고, 결혼하고 아이 낳고, 그 아이가 어른이 되는 시간까지 앞도 뒤도 옆도 보지 않고 내달렸다. 지치고 힘이 들어도 조금만 더 힘을 내라고 몰아세웠다. 몸이

젊었으니 견뎠던 시간이지만 그렇게 내내 살 수는 없는 일이다.

갱년(更年), 다시 시작하는 나이라고 풀어 본다. 이제 누구 자식, 누구의 엄마가 아니라 자기 자신으로 살아야 할 시간이라고 갱년은 말하고 있다. 이제야말로 진짜 내 인생을 살아낼 시간에 닿은 것이다. 그렇게 생각하니 오랜만에 가슴이 벅차다. 다시 설렐 수 있을 것도 같다. 늙으러 가는 길이 아니라 오로지 나 자신으로 살아갈 수 있는 시기. 바빠서 눈코 뜰 새 없던 시절에 꿈꿨던 그 날이 드디어 온 것이다. 내가 내 인생 모든 순간에 주인공이 되는 시기, 반드시 해야만 했던 의무를 벗고 권리를 걸쳐도 되는 시절, 앗싸! 나에게도 드디어 갱년의 시기가 도래했다.

# 세월이 약이 되려면

딸내미 김천으로 벽화 그리러 가고 혼자 있던 밤. 말소리나 들리라고 틀어 둔 텔레비전에서 보고 싶었어, 한 마디가 튀어나와 귀에 박힌다. 작정도 없이 눈물이 흐른다. 어떤 맥락에서 나온 말인지, 누가 누구에게 하는 말인지도 모른 채 그냥 그 한마디에 눈물은 이미 터져 버렸고, 가구들마저 움츠린 듯한 의아한 정적이 온 집안을 감쌌다. 한참 모른 척 내버려 두었다가 후다닥 목욕탕으로 뛰어 들어가 최대한 자연스럽게 수돗물을 틀고 꼼꼼하고 세심하게 증거를 인멸한다.

보고 싶었어. 아무리 생각해도 눈물 포인트가 아닌 그 말이 심장에 물기를 짜내는 잠깐 동안 나는 그리워하고 싶은 것일까? 그리움을 잊고 싶은 것일까? 결론을 내리지 못하고 아침이 밝아 온다. 보고 싶은 것은 바다일 거라고, 그리운 것은 떠나는 행위라고 결론 내린다. 한 두어 달만 낯선 도시 익숙하지 않은 곳에서 지내고 싶다. 가방에 옷 몇 가지 노트북 하나 넣고 가서 진짜 내가 쓰고 싶었던 뭔가를 줄줄이 풀어내고, 능력이 닿지 않는 막연한 꿈이었다면 단호하게 버리고 싶다. 두어 달 갇혀 지내면 오래전 꾸었던 꿈속으로 갈 수 있을까.

눈 뜨고 눈 감는 모든 순간, 보고 싶었던 그런 날들이 있었다. 그 길을 다 걸어와 이제 편안하고 고요한 땅에 닿았다고 믿었는데 뜬금없이 밀고 들어와 마음을 흔든 그 말이 아직은 내 심장이 차갑지는 않은 증거라고 위안 삼는다. 한 발자국도 살았던 날들로 돌아갈 생각은 없다. 이미 기억 속에선 희미해진, 그러나 미련한 심장이 가끔 되새김질하는 모든 그리움을 순장하고 주인공이었던 그대들을 함께 묻는다. 그것이 내 존재가 흔적조차 없어지는 순간으로 이어진다면 그것도 괜찮은 일일 테지. 들판에 가득한 민들레 홀씨처럼 잊혀지고 싶다.

참 이상한 일이다. 나는 결국 낯선 도시로 떠나왔고 노트북을 펴고 쓰고 있다. 잊어야 할 일에 대한 기억 없이, 잊을 수 없는 것에 대한 새김도 없이 바닷길을 걷고 있다. 아 바다구나, 큰엉해안경승지 산책길에 꽃이 피었네. 바람이 분다. 눈앞에 보이는 사실 외에 어떤 생각이나 감정도 따라오지 않는다.

슬픔도 아픔도 힘겨움도 다 겪어 내야만 하는 거라고 입술을 앙다물고 걸어왔는데, 울부짖지 않아도 슬펐고, 악쓰지 않아도 충분히 아팠으며, 주저앉지 않았어도 죽을 만큼 힘겨웠다. 그동안 그러려니 밀쳐두었던 슬픔, 괜찮으려니 외면했던 아픔, 다 이러고 살아 포기했었던 힘겨움이 해일처럼 밀려와 마지막 버팀목 하나 툭! 하고 부러뜨리고 나니, 거짓말처럼 잔잔하고 보드라운 바다가 얼굴을 보여준다.

무너진 곳에 새로운 무언가가 지어지는 법. 이제 허무는 일은 마쳤으니 새로 지어 올리기만 하면 되겠다. 주저앉아 울부짖고 때로는 미친 듯이 악도 쓰고 살아야 했다. 그랬더라면 내 속에 쌓여 나를 허무는 우울과 조면하지 않을 수 있었겠다 싶다. 세월이 약이란 말은 그 세월을 살아낸 사람이 어떤 경험을 하고 어떻게 극복했는지에 따라 참이기도 하고 거짓이기도 하다. 사람이 아무것도 하지 않았는데 세월이 저 혼자 약을 제조할 수는 없다. 자신에게 딱 맞는, 닥친 상황에 맞춤한 약은 자신만이 지을 수 있다.

# 사랑 혹은 타령

평생 다시는 사랑 같은 건 하지 않으리란 맹세를 얼마나 했을까. 간간이 그 맹세는 헌신짝처럼 버려지고 외롭기 때문에, 혹은 혼자라는 지독한 두려움으로 누군가의 곁에 선 적이 있다. 나도 사람인데 이 정도는 해도 되는 거 아닌가 하는 알량한 생각들이 그 길을 걸어보라고 용기를 북돋우기도 했다. 온전한 사랑이 아니니 행복은 날마다 가난해졌고 마음이 아파질수록 외로움은 깊었다. 그래도 내가 선택한 일이니 최선을 다해 걸었다. 양다리를 걸치거나 바닥을 내보이며 그들이 떠나가기 전까지는.

우리가 사랑이라고 말하는 범위가 1에서 100까지 있다고 전제한다면, 1도 사랑이고, 50도 사랑이고. 100도 사랑이다. 그러나 그 사랑이 가진 파장이나 깊이는 다르다. 사람은 누구나 자기가 한 사랑의 범주 안에서 이해한다. 100이란 사랑을 해보지 않고서는 이해할 수 없는 것들이 숱하게 존재한다. 〈타이타닉〉이란 영화, 배에서 만난 남자와 사랑에 빠졌던 그녀는 다른 사람과 평생를 살아내고 죽음을 앞둔 어느 날 그 바다를 찾아간다. 〈매디슨 카운티의 다리〉 주인공도 남편과 아이들과 함께하는 삶을 선택했지만, 그녀에게 100이었던 사랑은 그곳에 있지 않았다.

누구나 100이란 사랑을 경험할 수 없을 테고, 꼭 경험해야만 하는 것도 아니다. 그러나 서로 앞에 서면 그 어떤 사소한 불편함도 없고, 미묘한 감정의 부딪힘도 느껴지지 않는 그런 사람, 순간이 너무나 완벽해서 아무리 시간이 흘러도 박제되지 않는 그런 마음, 함께 있거나 그렇지 않거나 하는 일이 그 감정의 농도를 좌우하지 않는 그런 경험, 공유한 시간만으로 온 생애를 견디며 건널 수 있는 그런 단단함, 그것이 누구나 꿈꾸는 사랑이다. 세상에 널린 것이, 발에 채는 것이 사랑인 줄 알지만 사실 그것은 아주 드물게 모습을 드러낸다.

요 며칠은 못 견디게 그대가 그리웠다. 그 전처럼 맘속을 걸어 다니는 그대 걸음을 밀어내려 애쓰지 않았다. 걸으면 같이 걷고 달리면 함께 달리고 가만히 서 있으면 고요히 그 등을 바라보았다. 기필코 곁에 있겠다던 당신을 돌려세우고 반대편으로만 도망쳤다고, 그리하여 참 멀리까지 왔다고 믿었는데 날마다 지구를 한 바퀴 돌아 채 날이 저물기도 전에 그대 앞에 다시 닿았다.

세상에 알고 보면 사랑 타령 아닌 것이 없다. 죽도록 미워했던 그 날도, 눈물로 돌아섰던 시간도, 너를 위해 뒤돌아보지 말자고 혼자서 되뇌던 순간도, 이제는 내가 오래 서성이겠단 맹세도, 이렇게 행복해도 될까 불안했던 마음도, 기침 소리에도 화들짝 반가웠던 어떤 날도, 돌아보니 사랑 타령 아닌 것이 없다.

늘어지는 곡조에는 흐느끼고, 둥당이는 가락에는 어깨춤을 추었던 날들은 그냥 두어야겠다. 피었으니 저절로 뚝뚝 떨어져 내리는 동백꽃처럼 안간힘을 다해 그리워만 하자. 무선으로 전 세계 허공을 떠다니는 언어들 중 아끼고 사랑한단 말들만 한치 사고도 없이 무사히 목적지에 닿기를 태풍이 오는 바다를 보면서 소망한다. 오늘은 마침 칠월 하고도 칠석날이다.

# 어매, 아껴 쓰시게

사람들은 전통이라는 이름으로 오래된 한옥에 의미와 가치를 부여하는데 주저하지 않는다. 물론 건물에는 건물이 가진 가치가 있다. 그러나 오래된 집보다 훨씬 더 가치가 있는 것은 그 속에서 살았으며, 살고 있는 사람들이다. 사소한 다툼조차 없었다고 하면 거짓말이겠지만, 나는 우리집에서 어른들이 큰소리를 내는 일을 거의 본 적이 없다. 그분들은 직설적으로 말하기보다는 은유법을 사용했고, 시간을 두고 기다렸다가 생각을 전달했다.

삼사십 대 나는 늘 숨이 막히도록 힘이 들었지만, 진짜 바닥은 우리 가족에게 한꺼번에 닥쳐 왔다. 나는 번역 일을 하던 기관을 그만두어야 했고, 남동생은 중국에서 하던 공장 문을 닫았다. 오빠는 태양광발전소를 지었는데 시공업자가 부실공사를 한 탓으로 소송을 해야 했다. 그렇게 운명은 옴짝달싹할 수 없는 절벽 위에다 우리를 데려다 놓았다. 그해 안에 끝나겠지 했던 소송은 4년을 끌었고, 그 사이에도 큰집 살림은 어떻게든 유지해야 했고 제사는 눈 돌릴 새도 없이 돌아왔다.

제사 때면 안동에서 문어와 고등어를 사가거나 택배로 보내곤 했다. 15대 조부 제사는 불천위고 우리집에선 제일 큰제사라 그날도 문어와 고등어를 사서 집에 갔다. 제사 준비를 하고 있는데 엄마가 오빠한테 "그런데 목아, 나는 주머니에 돈이 만 원밖에 없다" 하신다. 방에 앉아 있던 식구들은 그 말이 무슨 뜻인지 다 알고 있다. 다른 때에도 늘 맘에 걸리는 자식이었던 나는 직장을 잃었고 어물값을 줘서 보내야 한다고 생각하신 거다. 그러나 소송으로 모든 통장은 지급정지 상태였고, 매일 발전량만큼 한전에서 돈이 입금되었지만 찾아 쓸 수 없었던 오빠 사정도 마찬가지였다.

엄마 말이 떨어지고 잠깐 방안에는 정적이 흘렀다. "괜찮아 엄마, 나 그 돈 안 줘도 돼." 그렇게 말해야 하는데 빌린 돈으로 장을 봐온 나는 차마 그 말을 할 수가 없었다. 그때 오빠가 "응, 어매 아껴 쓰시게" 하더니 방을 나갔다. 그 심정은 어땠을까. 뒷모습을 보고 있는데 눈물이 왈칵! 그러나 하나가 터지면 걷잡을 수 없다는 걸 알기에 느리미(제사에 쓰는 적)만 열심히 엎었다 뒤집었다 했다.

어물값 줘야 하는데 돈이 없다고 말하지 않고 주머니에 돈이 만 원밖에 없다고 말씀하신 어머니가, 그래서 나더러 어쩌라고 짜증 한 마디 내뱉을 만도 한데 "아껴 쓰시게" 하는 오빠가 좋다. 큰일이 있을 때면 우리는 언제나 그렇게 넘어왔다. 그것이 전통이 가진 힘이라고 믿고 있다. 우리는 그렇게 그 시간을 버텼고, 오빠는 소송에서 이기고, 남동생은 귀향해서 캠핑장을 하면서 농업회사 법인을 만들어 중국과 무역을 한다. 나도 귀향을 했고, 된장 고추장 담그는 일을 배우면서 내 고향 상주지역의 근현대사를 정리하기 위해 기록문화연구원을 만들었다.

사람들이 가진 본성은 어려울 때 드러난다. 모든 일이 잘될 때는 누구나 좋은 사람인 것처럼 보이는 법. 함께 바닥을 겪고 나면 그 사람이 어떤 사람인지 정확하게 알게 된다. 어떤 어려운 순간에도 포기하지 않고 살아낸 것은 내가 좋은 사람들 속에서 그들과 가족으로 살았기 때문이다. 고향집 마루에 앉아 우리집을 찬찬히 들여다본다. 역사와 전통이란 건 기왓장에 있는 것이 아니라 내 속에 있는 거구나. 15대 조부모께서 하신 생각이 내게 닿아 흐르는 게 전통이구나 생각한다.

## 세상에서 가장 단단한 이름

하늘은 낮고 검은 구름이 뭉텅뭉텅 흰 구름 사이를 파고든다. 널어둔 빨래는 바람에 흔들리고 따라서 나뭇가지도 살랑인다. 이렇게 평화로운 아침에야 돌아본다. 주저앉아 그만하고 싶은 날들을 이기고 나를 여기까지 오게 한 것은 무엇일까 생각한다. 나였다. 내가 살아낸 길이니 제일 큰 요인은 분명 나였을 것이다. 그러나 생각만으로도 가슴이 먹먹해지고 눈가가 붉어지는 사람들, 가족이 없었다면 가능하지 않았던 일이다.

'이것이 끝일 거야. 내리막이 있으면 오르막이 있다고 했잖아. 여기가 바닥일 거야. 이제 올라가는 일만 남았을 거야.' 하루하루가 기도였다. 삶이 준비한 것들은 단 한 번도 거기서 끝나지 않았고, 어제 가진 막막함은 오늘에 비하면 아무것도 아니었다는 걸 자꾸만 깨달아야 했다. 누군가의 자식이고 누군가의 엄마였기에 버텼다. 내일 아침에는 눈뜨지 않았으면 좋겠다고 되뇌며 잠들었고, 다행인지 불행인지 그 잠에서 깨어나면 용감한 척 또 현관문을 열었다.

그 모든 날에 가족이 있었다. 흘리지 않아도 가슴 속 물기를 찾아내는 사람들, 같이 울면서 더 나은 길을 찾아 걸어가는 사람들, 사소한 일에 서운해 픽, 하고 돌아섰다가 금방 서로의 온기에 기대는 사람들, 그런 사람들이 있었다. 엄마한테 야단을 맞고 씩씩대다가 밤이 되면 엄마 등에 코를 박고 잠들던 어린 시절처럼, 연어가 대양을 버리고 좁은 강물을 거슬러 개울로 돌아오던 그것처럼, 돌아갈 고향이 있고 기다리는 가족이 있어 살 수 있었다.

사람은 사랑하지 않는 이들에게는 상처받지 않는다. 사랑하면 그만큼 기대하고 기대가 어긋나면 화가 나고 서로에게 아픈 말들을 하게 되는 거니까. 가까운 사람일수록 그런 가능성은 커지고 그중에 가장 위험한 사람들이 가족이다. 진짜 다 너를 위해서라고 해놓고 내 기대에 어긋났다고 화를 낸다면 가족 관계는 최악으로 치달을 수밖에 없다.

타인과 관계에서 맺는 사랑과 관심은 수위를 조절하고 내가 보여주고 싶은 것만 내밀 수 있다. 그러나 가족은 그럴 수 없다. 같은 공간, 같은 시간을 공유하고 살아가는 까닭에 가족은 서로를 향해 전면적이다. 더 세심하게 서로를 살피지 않으면 누군가는 상처 입게 된다. 아무리 노력한다고 해도 실상 서로에게 주는 사소한 상처들을 피할 수 없는 것이 가족이기도 하다.

가족은 한 장의 빈 도화지다. 함께 매일매일 백지에다 새로운 그림을 채우며 산다. 마음을 다해 살피고, 조심하고, 참고, 기다리지 않으면 순식간에 도화지는 엉망이 된다. 걸리는 일은 바로바로 사과하고, 잘못한 일은 천천히 물어야 한다. 어느 관계보다 우아한 은유가 필요하고, 세상 어떤 사이보다 적당한 거리가 필요하다. 매일매일 명화를 그릴 수는 없지만 함께라서 채워 낸 소담스런 그림 한 장씩 쌓아가야 한다.

가족은 세상 가장 단단한 이름이지만, 사소한 일로도 순식간에 해체될 수 있는 모래성을 닮았다. 어떤 비바람에도 무너지지 않는 집을 짓는 일은 오로지 가족 구성원들 노력에 달려 있다. 미안하다는 말, 고맙다는 말, 사랑한다는 말이 가장 필요한 곳은 우리집, 우리 가족이다.

# 지질하고 짠해서 버리지 못하는 꿈

너무 애쓰지 마시라고, 비록 오늘 비옷 하나 없이 폭풍우 속을 걷고 있더라도, 그 흔한 오리털 파카도 없이 눈보라 속을 헤매고 있더라도, 의지와는 무관하게 그 시절을 통과하고 있더라도, 마음까지 비바람에 쓸려 가지 않게, 폭풍우에 파묻히지 않게, 자신을 꼭 끌어안아 주시라고, 젊은 날들을 지내느라 지쳐있을 그 시절 나 같은 그대들께 말해주고 싶다.

고향과 부모 형제가 있어 오십에 귀향을 선택할 수 있었던 내 삶이 고맙다. 여덟 살, 여섯 살 두 딸내미 손을 잡고. 결혼 밖으로 나온 그 날부터 이십여 년, 늘 폭풍우 속에 서 있었다. 우산도 비옷도 없이. 내가 한 선택에 지지 않으려고, 부모 형제 가슴에 더 큰 생채기 내지 않으려고, 내가 없으면 세상 불쌍해질 내 아이들 지키려고, 밤낮없이 홀로 눈보라 몰아치는 들판에 서 있었다.

어차피 겪어야 할 일이라면, 그렇게 통과했어야 할 시절이라면, 조금 덜 비장했어도 좋았겠다 싶은 생각에 종종 혼자 멋쩍게 웃곤 한다. 한 해에 두어 번씩 병원 여행을 하면서, 그래도 고만큼만 치르고 지나쳐 온 내 30대, 40대에 감사하다는 생각이 들었다. 수습하고 챙길 수 있을 만큼 무너진 채 기다려 준 내 몸에도 미안하지만 참 고맙다.

요즈음 내가 사는 게 좋아 보이는 분들이 많으신가 보다. 다행한 일이다. 그래도 너는 그래 사니까 내가 얼마나 힘든지 모르지? 그렇게 생각하진 않았으면 한다. 닥치는 대로 짊어지고 내달리다 보니 여기까지 왔고. 이즈음에서 바라보니 햇살도 바람도 구름도 비도 수억 광년을 지나 밤하늘을 반짝이는 별빛도, 쉴 새 없이 조잘대는 새소리도, 보고 듣고 느낄 수 있는 내가 살아있었던 것뿐이니.

알고 있다. 어떤 폭풍우는 인명피해를 낸다는 걸, 사람이 처한 상황은 자신이 아니면 이해할 수 없다는 걸, 자기 손에 박힌 가시가 제일 아프고 못 견딘다는 걸, 그래도 포기하지 마시라. 절대로 마음까지 내놓고 주저앉지 마시라. 지켜야 할 것들을 들쳐업고 더 잰걸음으로 부지런히 걸어 내시라. 절대로 자신을 비난하지도 비관하지도 마시라. 가장 밑바닥 더 꺼질 수 없는 곳이라고, 깜깜해서 아무것도 보이지 않는다고 느끼더라도 심호흡 크게 하고 천천히 오래 지치지 마시라. 어딘가에는 잡을 수 있는 나무뿌리 하나, 따라갈 수 있는 불빛 하나 놓여 있다. 분명히.

여름 막바지 태풍이 온다고 야단이다. 아침 사설이 이토록 긴 것은 지난밤 피워 오래도록 바라본 장작불 때문이라고 해둔다. 그대에게 작은 나무뿌리거나 혹은 멀고 희미한 불꽃이고 싶은 마음이란 건 드러나지 않게 숨겨둘 생각이다. 그건 그대가 찾아내야 비로소 의미가 있는 것들이니. 이 긴 이야기 끝에 할 수 있는 한 마디는 이것뿐이다. 오늘도 굿모닝!

본새 사는 게 당연한 거 시시콜콜 확인하고, 사소한데 목숨 걸고 그런 것이다. 지질해서 짠하고 짠해서 버리지 못하는 일상. 폭풍우가 몰아치는 이런 아침이면 창을 열고 바람에 제 한 몸 맡기고 흔들리는 나무들을 오래도록 바라본다. 우리네 세상살이가 마치 그와 같아서 이리저리 흔들리며 살았으니 동지의식을 안 가질 수 없는 노릇이다. 뿌리가 뽑히지 않고 잘 견디고 다시 햇살이 비치는 아침에 닿을 때까지 버텨 내야 한다고, 내 온 생을 담아 나무가 살아갈 모든 날에 아침 인사를 건넨다.

거창한 무엇이 있는 줄 알았다. 도덕도 사랑도 삶도 거대한 무언가가 있어 어느 지점에 닿으면 산뜻하고 멋지게 살아질 줄 알았다. 그러나 삶은 살수록 모호해졌고, 머리가 복잡할수록 행동은 느려졌다. 눈보라 견디고 한숨을 돌리면 폭풍우가 몰아쳐 오고, 폭풍우 뚫고 나서니 해일이 밀려왔다. 그런 어느 날부터 길가에 핀 민들레 한 송이, 강변에 흔들리는 갈대 한 줄기도 예사롭지 않았다. 어쩌면 그렇게 작은 키로, 어떻게 그리도 가냘픈 몸으로 생을 감당하고 있는지.

오십이 한참 넘은 나이에도 네댓 살 어린 내가 내 속에서 울고 있는 것에 당황한다. 이번 달 갚아야 할 대출금은 맞출 수 있을지 그런다고 늘어날 리도 없는 통장 잔고를 들여다보고 또 들여다본다. 내 아이들에게 아무 일도 없으면 다른 어떤 것도 견딜 수 있다고 용기가 충만하다가, 우리 엄마한테 늘 아픈 손가락으로만 살았던 내가 견딜 수 없어 한없이 무너져 내린다.

태양은 한없이 따듯하고 하늘은 더없이 맑고 바람은 그야말로 시원한, 그런 날만 꿈꾸고 산 건 아니다. 가끔 그런 하루가 선물처럼 있어야 하는 거라고 바랐을 뿐이다. 그런 선물은 내게는 준비되지 않았구나 포기하고 싶은 순간 거짓말처럼 딱 한 번씩, 죽지 않을 만큼 사료를 공급하는 못된 집사처럼 그렇게 삶은 나를 조종한다. 삶과 죽음이 애초에 한 몸이었다는 것을, 삶이란 죽음으로 완성되는 교향곡이란 것을 깨닫는다.

노출증 환자처럼 언어들이 옷을 벗는 그런 날에는 '흔들리지 않고 피는 꽃이 어디 있냐'느니 '구멍 난 삶을 데리고 그대에게 가고 싶다'느니 하는 그런, 거미줄처럼 끊이지 않는 시 한 편 줄줄 자아내고 싶다. 이미 그 언어들은 어느 시인네 집에 자리를 깔고 길게 누웠고, 그런 언어도 가지지 못한 가난한 마음으로 나는, 지질해서 짠하고 짠해서 버리지 못하는 일상을 데리고 서성인다. 그러다 찔레꽃 하얗게 토해내던 웃음 위로 지구를 돌고 돌아 보름달이 오시듯이, 그대 하나 둥그렇게 떠오른다고 툭툭 자판을 두들겨 본다.

거창하고 산뜻하기만 한 날은 없을지도 모른다. 아니 없을 것이다. 그러나 이제 괜찮다. 그냥 쓰고 싶었다. 사는 게 정신없어 한두 시간 쪽잠으로 버텼던 그 날처럼, 완성된 문장을 쓸 수 없어 메모장에 조각조각 처박아 둔 단어들을 끄집어낸다. 단어와 단어가 손잡고, 문장과 문장이 어깨를 걸고, 문단과 문단이 머리를 맞댄 담장 하나씩 쌓아가다 보면 세상 풍경과 스르르 동화되는 그림 같은 성 한 채 지을 수 있을까? 일생을 관통해 온 꿈 하나. 심장에서 꺼내 책상에 올려놓는다.

# 4장

# 모든 길은 가족에 닿는다

# 트렁크에 상처와 용기를 욱여넣고

등을 보이고 걸어가게 될 때가 있다. 다시 돌아설 수 있을지. 떠났던 그곳으로 돌아갈 수 있을지. 아무런 확신도 없이 두려움만 가득하지만. 이미 등을 내보이고만, 그런 시절이 있다. 다 호르몬 때문이라고 우길 수 있게 된 나이가 나쁘지 않다. 그 이전엔 가면을 쓰고 괜찮은 척 연기를 하는 광대처럼. 울컥울컥 심장에서 쏟아지는 뜨거운 물기를 어찌해야 할지 몰랐으니까.

끝 간 데 없이 슬프고 일어설 수 없을 것처럼 두려운 이 감정들은 마치 인간이 닿을 수 없는 깊은 바다에서 태양을 동경하는 이름 모를 생물이 가진 그것처럼, 심해를 닮은 자궁에서부터 껴안고 있었던 것만 같다. 등을 보이고 걸어가는 건 기어이 밝혀내야 할 무엇이, 지금이 아니면 다시는 기회가 없을 간절함이, 찾지 않고는 더 이상 버틸 수 없는 이유들이, 그리 많은 시간이 남지 않았을 절박함이 저 반대편에 있기 때문이다.

트렁크에다 슬픔과 용기를 버무려 넣는다. 되돌릴 수 없다는 걸 알고도 당신을 돌아서던 그 날, 갈대만 가득하던 풍경도 착착 접어 넣어

둔다. 이제 다시는 내 의지가 아닌 선택들로 아파하지 않겠다는 다짐이다. 누구 탓도 아니지만, 오래도록 나를 흔들던 슬픔들을 찾아 돌려보내고 맑고 예쁜 웃음만 찾아서 돌아오겠다는 약속이다. 그때까지만 사랑하는 내 사람들이 등을 보인 나를 기다려 주면 좋겠다.

어딘가로 떠나서 한 달 정도는 혼자 글만 써야겠다고 노래를 부르며 살았다. 이 일이 발목을 잡았다 놓으면 저 일이 뒤 꼭지를 잡아당기는 생활 속에서 늘 뒷전으로 밀려났던 꿈. 평생 아슬아슬하게 숨기고 눌러왔던 상처 하나가 도저히 더는 안 되겠다고 터지고 난 뒤에야 실행할 수 있게 됐다. 누구에게나 있었을 상처 하나를 이 나이에 끄집어내고 이렇게까지 들여다보고 치유하려 하는 것이 꼭 필요한 일일까 고민이 많았다.

전국 여기저기 물색만 하던 후보지들을 제치고 제주에 가야겠다고 생각한 것은 제주에서 한 달 살기가 열풍을 일으킨 현상과 무관하지는 않겠구나 싶다. 육지 사람이라 이왕이면 매일 바다와 마주할 수 있는 곳에서 살아보고 싶었고, 이국적인 풍경 속에서 보낼 수 있을 거라는 기대를 가졌고, 그 기대감이 나를 이곳으로 이끌었다. 책을 내준다는 출판사가 있는 것도 아니고, 어딘가 기대볼 무엇을 가지지도 못했다. 어릴 때부터 글은 참 잘 쓴다는 말을 많이 들었고, 학창 시절 받았던 상장 중 가장 많은 것이 글쓰기와 관련된 것이었고, SNS에서 시인이세요? 작가세요? 책 내시면 살게요. 립서비스가 다분했을 말들도 숱하게 들었다, 그런 핑계를 따라 왔다.

서귀포시 남원읍 어딘가에 숙소를 정하고 간단히 장을 보고 들어와 일박 이일을 내처 잠만 잤다. 죽음처럼 깊은 잠에 빠져들었던 게 언제였는지, 열한 시가 다되어서야 일어나 앉아 그동안 고단했을 나에게 잘 잤어, 그렇게 자도 괜찮아, 씨익 웃어 주었다. 세수도 하지 않고 가방에서 챙 넓은 모자 하나 꺼내 눌러 쓰고 이제 우리 집 정원이 된 바닷길을 걸었다. 여름 한낮 태양에 질세라 반짝이는 바다. 입추도 말복도 지났으니 이제 자신도 무언가 해야겠다고 작심한 듯 건들건들 부는 바람이 이것저것 다 밀쳐두고 떠나온 것이 잘한 일인가 계속되던 불안과 자책을 덜어 준다.

바다와 어깨를 나란히 하고 걸으면서, 사람으로 살고 싶었는데 더 많은 시간 여자로 취급된 삶에 대해 생각한다. 앞으로 남은 시간은 사람으로 살아갈 수 있을까? 내 딸들은 사람으로 상처받지 않고 살았으면 좋겠다. 그것이 내가 쓰고 싶은 것의 시작이고 끝이다. 여자이면서 사람이고, 남자이면서 사람인 우리들 삶이 사람이면서 여자이고 사람이면서 남자인 곳으로 나아갔으면 좋겠다.

제주살이 한 달 동안 목표를 정해본다. 하루에 만 보 이상을 걷는다. 갱년기의 우울을 핑계로 잔뜩 쟁여 둔 뱃살을 덜어내야 우리 딸들에게 더는 구박받지 않을 테니까. -딸들 기대하고 있어라- 하루에 세 편 이상은 글을 쓴다. 거미줄같이 얽혀 있다가 술자리에서만 술술 풀려 나오던 머릿속 생각들을 차근차근 풀어 내보자. 그러기 위해서는 맨정신이어야겠기에 될 수 있으면 술은 마시지 말아야겠다. 여행을 가면 매일 밤 그 동네 술집을 찾아다니며 맛있는 안주들과 만나는 시간을 몹시도 애정했던 그런 낭만일랑 접어두자. 까이꺼.

아무에게도 문제 되지 않지만 나와 평생을 함께했던 묵은 상처를 데리고 나선 지 8개월, 집에 가자고 데리러 오겠다던 오빠도, 같이 여행 가자 언니야 하던 여동생 전화도 모른 체하고 떠나온 곳. 온전히 사랑할 수 있기 위해 나선 길이다. 가족들에게 돌아가지 못하면 어떻게 하지. 두려움이 범벅이지만 깨어 있는 모든 시간, 오로지 내 상처에 집중하기로 한다. 도대체 어떤 녀석이길래 오십 년 넘는 시간 동안 내 속에 똬리를 틀고 나를 괴롭혔는지, 모퉁이마다 지키고 있다가 내 삶을 막아섰는지 그 이유를 꼭 알아야겠다.

그래야 돌아갈 수 있다. 세상에서 가장 좋은 가족들 곁으로 돌아가야 한다. 누군가 커다란 잘못을 했기 때문에 누구에게 깊은 생채기가 생기지는 않는다. 관습이란 이름으로 그냥 일어났을 뿐인 어떤 일이 어떤 사람에게는 목에 걸린 가시처럼 내려가지 않고 평생을 괴롭히기도 한다. 누군가에게 잘못을 따지기 위해서가 아니다. 그랬었구나, 그걸 내가 몰랐었구나, 누군가 그렇게 화해를 청해주길 바랄 뿐. 그 속에서 내 상처들이 아물었으면 소망하는 것일 뿐.

"별일 아니야." "그보다 더한 사람들이 얼마나 많은데." "그러려니 하고 살아." 그중 어떤 말에도 동의할 수 없어 여기까지 왔다. 내 탓이나 네 탓이 중요한 게 아니라, 살아낸 세월 속에서 우연히 자리 잡고 떠나지 못한 응어리를 풀어헤치고 싶다. 그리하여 온전히 사랑하는 마음만 가지고 오빠에게 전화를 걸고 엄마에게 돌아가고 싶다. 가게 되면 막냇동생 손을 잡고 여행을 떠나고 싶다. 비슷한 상처들을 더 많은 인내심으로 견뎌냈을 그 아이에게 더 이상 아프지 않아도 되는 치료법을 알려 줄 수 있으면 좋겠다.

## 엄마가 버텨낸 시간들

엄마. 떠올리기만 해도 눈물이 나는 이름이다. 스물셋에 결혼을 하고, 네 남매를 낳은 사람. 결혼생활 10년도 채우기 전에 서둘러 떠나버린 남편을 대신해 네 아이의 생계와 종가 살림을 떠맡아야 했던 사람. 감히 상상하는 것만으로도 숨이 차는 세월을 가랑잎을 타고 망망대해를 떠도는 개미가 된 심정으로 견뎠다는 그 사람. 엄마는 그렇게 부르기만 해도 눈물이 나는 사람이다.

내가 아홉 살 되던 해 아버지가 돌아가셨다. 그때 엄마는 서른둘 나이였고, 어린 네 남매를 데리고 큰 집 살림을 혼자 맡으셨다. 우리 엄마는 자식들을 위해 최선을 다했다. 아버지 계실 때는 광에 있는 벼를 일꾼들에게 찧어 오라 시키는 일도 할 줄 몰랐던 엄마는 논밭을 기어 다니며 농사를 지었다. 누에든 담배든 과수원이든 돈이 되는 거라면 무엇이든 심고 밤도 낮도 없이 농사를 지어 자식들을 키웠다.

늘 여기까지 쓰고 나면 더는 쓸 수가 없었다. 그러나 이제는 써야 한다. 엄마가 삶을 얼마나 열심히 살았는지, 그 이유가 모두 자식들에게 있었다는 걸 알기에 내가 엄마를 얼마나 사랑하는지, 그럼에도 불구하고 왜 나는 상처 받았는지 써야만 한다. 인생이란 기록하고 노래할 때

치유된다고 믿는 까닭이다.

고등학교 때였다. 상주 읍내에서 자취하며 학교 다니다 주말이면 집에 가곤 했다. 토요일 오전 수업을 마치고 집에 갔는데, 그때는 집 앞 냇가에 다리가 없을 때였다. 장마철이었는지 돌다리가 넘쳐 양말을 벗고 물을 건너야 하는 상황이었다. 내 키는 168센티미터, 고등학교 때 이미 다 컸고, 엄마는 155센티미터밖에 되지 않는데 굳이 당신이 엄마니까 나를 업고 물을 건너야 한다고 우긴다. 나는 내가 더 크고 덩치가 좋으니까 내가 업고 건넌다고 맞섰지만 결국 엄마 뜻대로 되었다. 엄마는 그랬다.

대학 시절 소위 운동권 학생이었던 내가 수배를 당해 도망 다닐 때 기도원에 많이 숨는다는 말은 어디서 들었는지 몇 날 며칠 온갖 기도원을 찾아다니고, 학교를 휴학하고 공장에 취업했을 때도 친구들도 두엇만 알던 비밀스런 장소를(숙소가 드러나면 잡혀갈 수 있는 탓으로) 물어물어 찾아오셨다. 고집 센 딸이 끝내 엄마를 따라가지 않고 석 달 동안 공활을 마칠 거라는 걸 알았을 텐데도, 엄마는 그랬다.

온 집안이 말렸던 결혼을 하고, 8년 만에 이혼한다고 했을 때 "결심했으면 뒤돌아보지 말아라." 그 한마디 외엔 아무 말도 하지 않았다. 오빠가 당사자가 제일 힘들 테니 아무 말도 하지 말라고 엄마한테 말했다는 건 나중에 알았지만, 당신이 지키고 살아오신 삶이 송두리째 무너진 듯 느껴졌을 텐데 죽을힘을 다해 감내하셨다는 것을 안다. 외손녀들이 다 컸을 때 "내 새끼들 안 버리고 데려와 잘 키워줘서 고맙다" 하신 그 말씀은 죽어서도 잊히지 않을 것이다. 엄마는 그랬다.

친가도 외가도 유독 우애가 좋아 자주 모인다. 한창 아이들 키우며 사느라 골몰하던 때, 내 생일이라고 우리 형제들이 고향집에 모였는데 이모, 외삼촌들도 다 왔다. 저녁에 마당에서 바비큐 파티를 하다가 대전 이모가 "언니는 자식들이 학생 운동한다고 다닐 때 안 미웠어?" 하고 물으니 "나는 내가 야들이라도 그 상황이면 그렇게 했을 거 같았어." 명료하게 대답하셨다. 우리 엄마는 그랬다.

아버지 탈상하고 담사(禫祀) 때. 울 할배 아직 익지도 않은 벼를 베서 떡을 하라 하셨다고 한다. 장맛비는 연일 쏟아지고. 탈곡기를 마루에 올릴 수도 없어, 어머니는 그냥 있는 쌀로 떡을 했단다. 대구 살림하시며 왔다 갔다 하시던 울 할배 들어 오셔서 당신 말씀대로 안 했다고 증편 부풀려 놓은 쟁반을 마당으로 던지셨고, 담사 지내고 울 어머니 가출해 친정엘 가셨단다.

"지금 생각하이 논은 개간만 해놓고 수확도 못하고 간 아들 제사에 그 논에서 난 쌀 멕여 보내고 싶어 그러신긴데, 그땐 그 생각을 읽지도 못했고 그저 섭섭하기만 했지." 엄마 늦은 깨달음이 눈물로 흐른다. 같이 울며 "친정에 가니 큰 외할배 가라 안 하셨어?" 물으니 "너 큰 외할배가 참 과타. 그게 뭐 그리 잘못이라꼬 청상된 며느리를 꾸짖노" 하셨단다. 결국 할배는 우리집 집사 역할을 하던 엄마 외가 할배를 보내셨고 따라 들어오셨단다. "그때 오지 말지 그랬어?" 하니 "더 좋은 날이 있다고 누가 도장이라도 찍어 줬으면 모를까 안 왔으면 너거 네 명만 놓칬겠지" 하신다. 우리 엄마는 그랬다.

평생 자식이 전부였고, 그 자식들을 낳은 까닭으로 한 해에 기제사만 6대를 모시고, 명절에 묘사에다 수천 명씩 드나드는 손님까지, 큰집 살림을 혼자서 평생 꾸려 왔다. 세상 어떤 삶도 우리 엄마 삶보다 위대할 수는 없다. 세상 어떤 노래도 그 삶을 대변할 수 없다. 그 삶에 발끔치도 미치지 못하는 딸은 왜 오빠랑 남동생이랑 날 차별했냐고, 그건 엄마가 잘못한 일이라고, 좀 덜 참고 딸한테도 똑같이 잘하지 그랬냐고, 사춘기보다 더 무섭다는 갱년기를 무기로 대들고 있는 중이다.

# 오십이 넘어 가출이라니

남태해안로 바다는 아침에도 부지런히 반짝인다. 마치 태양 빛을 받아 반짝이는 것이 자신이 해야 할 유일한 일이라도 되는 양 최선을 다해 반짝인다. 널찍이 만들어놓은 자전거길을 따라 걷는다. 여행이란 원래 걷는 것이 목적이라고 정해 둔 것처럼 등줄기를 타고 흐르는 땀일랑 아랑곳하지 않고 열심히 걸어간다. 바다와 나는 서로 자신이 해야 할 일에 집중하면서 나란히 함께다.

후다닥거리며 살다 보니 아이들은 어느새 다 자라 주었다. 한문 번역 일을 하던 기관에서 예산이 삭감되면서 외주 연구원들이 설 자리를 잃었고, 나도 그중의 한 명이었다. 오랫동안 고향집에 들어오는 게 어떻겠냐고 오빠가 말했던지라 이차 저차 한 김에 귀향을 결정했다. 종가는 유지하는데 사람 손이 많이 필요한 곳이고, 엄마는 연세 들어가시니 형제들이 모여 함께 사는 게 좋겠다고 의견을 모은 상태였으니까.

그렇게 귀향한 지 4년 차인 지난해 12월 나는 가출을 단행했다. 오십이 넘은 나이에 가출이라니, 내가 생각해도 어이가 없다. 귀향살이는 대부분 행복했다. 타향살이하는 동안 힘들 때마다 꿈에도 그리웠던 내 무릉도원에서 지내는 하루하루는 더할 나위 없이 충만했다. 그러나 딱 끄집어낼 수 없지만 엄마와 둘이 있을 때 느껴지는 거북함, 이렇게 하면 또 엄마가 뭐라 하지 않을까 자꾸만 눈치를 보게 되고 그럴 때마다 심장이 불규칙적으로 뛰기 시작하던 불안감. 다 지워 버리고 전부 극복했다고 생각한 유년기 기억들이 베어둔 은행나무에서 새싹이 돋듯이 들쑥날쑥 고개를 내밀기 시작했다.

귀향한 지 며칠이 지났을 때, 남동생은 점심시간이 지나 집으로 들어갔고 나는 점심상을 치우고 산책에 나서다 엄마와 마주쳤다. 캠핑장 앞마을 정자에 계시던 엄마는 "니 동생 들어가던데 점심 안 챙겨주고 왜 나왔노?" 나무라셨다. "아니 갸가 얼라도 아니고 밥때 지나서 오면 지가 알아서 찾아 먹겠지." 혼자만 들리게 웅얼웅얼 대답하고 돌아서는데 아무리 시간이 지나도 나는 오빠랑 남동생 밥 챙겨 줘야 하는 사람 이상도 이하도 아니구나 싶은 생각에 눈물이 왈칵 쏟아졌다.

25대를 이어온 우리집 장맛을 잇는 것이 내게 주어진 일. 어머니에게 된장, 간장, 고추장, 담북장, 집장 담는 법을 배우고 그것을 상품화하고 된장 회사를 꾸려 가는 것이다. "엄마는 장 담그는 법을 어떻게 배웠어?" 묻는 나에게 "그냥 어깨너머로 보고 배웠지" 하시는 엄마는 당신이 그랬던 것처럼 보면 알아서 척척 하기를 원하셨고, 못 미더우신 탓에 된장 끓이는 가마솥에 불 넣는 일까지 당신이 해야 안심을 하셨다.

직접 해보고 실패도 해야 내 것이 될 텐데, 옆에 서서 뭐라도 시켜줄 때까지 쭈뼛쭈뼛, 내 생각에는 물을 요만치만 넣어도 될 것 같은데 분명 어제는 여기까지 넣은 거 같은데 물을 거기까지 부으면 어떡하냐고 하실 때는 평생 괜찮다, 할 수 있다, 수없이 연습해서 부여잡은 자존감이 바닥으로 떨어지는 소리가 들렸고, 한없이 작아지고 작아져서 내가 사라져 버릴 것 같은 기분마저 들었다.

태어나보니 세상을 다 가진 오빠가 있었다. 오빠 돌 지나고 닷새 있다 태어난 둘째, 게다가 딸인 나는 처음부터 상대적 박탈감에 길들여져야 했다. 그냥 보통 가정에서 태어난 둘째들도 많이 겪은 일이겠지만, 종손으로 태어난 오빠는 할아버지 아버지 엄마에겐 그 무엇도 흠이 되지 않는 사람이었다. 내가 일찍 태어나는 바람에 오빠가 엄마 젖을 뺏기고 분유를 먹고 자란 것도 내 탓이구나 생각해야 했으니.

아무리 곱씹어 생각해도 더 나대고 분답스러웠던 건 오빠였는데 왜 야단은 나만 들었는지, 엄마에게 회초리를 맞은 것은 왜 나였는지. 육성회장이었던 아버지가 수학여행 가는 버스에 초등학교 일학년이던 오빠만 데리고 올랐을 때, 혼자 터덜터덜 천방을 걸어 집으로 오면서 왜 나는 같이 데리고 가면 안 됐는지. 지금도 이해할 수가 없지만, 그냥 그러려니 받아들이지 않으면 가족들 사이에 분란만 생길 뿐이란 걸 진즉에 알아버린 나는 속으로, 속으로만 삭히고 살았다.

초등학교 5학년 때 고향집을 떠나서 오십이 되던 해에 돌아갔다. 그 시간 동안 나는 어린 시절 기억 중 좋았던 몇몇만을 남기고 모두 폐기처분했다고 믿었고, 사실 그 생각을 하고 살 수 없을 만큼 삶은 치열했다. 그러나 귀향살이를 하면서 여기서 툭! 저기서 탁! 어디서 날라왔는지 모를 돌멩이에 자꾸만 채이고 있었다.

이혼한 딸이 친정에 가서 사는 일, 동네 사람들이 보내는 싸늘한 눈길을 평생 종갓집 종부로 살아온 엄마가 받아내는 일이 쉬울 거라 생각하지는 않았다. 머리로는 이해해도 몸으로 받아들이는 데는 시간이 필요한 일이니까. 그러나 엄마 기분에 따라 이렇게 저렇게 예정 없이 튀어나오는 감정들을 소리 없이 감내하는 일은 생각했던 것보다 훨씬 어려웠다. 난 더 이상 어린아이가 아니었고, 갱년기 우울은 널을 뛰었고, 그 시절 부당하다고 생각하던 일들이 한꺼번에 일어나 와르르 해일처럼 덮쳐 올 때면 이러다 심장이 멈출지도 모르겠다는 두려움에 휩싸이곤 했다.

집에서 식구들 밥이나 챙기고, 여러 채라 손이 많이 가는 집들이나 청소하면서 그렇게 살아주기를 바라셨나. 장류 회사를 만들고, 상주에 산재해 있는 근현대 기록물을 수집해 아카이브를 구축하기 위한 기록문화연구원을 만든 딸은 마음에 들지 않았나. 바깥일이 늘었고 운전을 못 하는 나는 여러 일을 함께해줄 직원이 필요했다. 오빠랑 상의하고 준비하면서부터 엄마에게 말을 했는데도 일이 진행될수록 엄마 짜증은 늘어만 갔다. 그럴 거면 딸은 공부를 시키지 말지, 뭐 한다고 가르쳤대. 아득바득 자존감을 구축하고 살아온 내 심술도 도를 넘어서고 있었다.

어이없게도 내 가출은 그 심술에서 시작되었다. 제때제때 해야 할 말을 하지 못한 사람들은 한꺼번에 표출하게 되고, 결국 주변 사람들에게는 종잡을 수 없는 사람이 되고 만다. 그걸 알기에 그러지 말아야지 오랜 시간 연습했다고 생각했는데, 귀향살이 4년 만에 바닥을 보이고 말았다. 집 나와 8개월이 흐른 지금, 잠재된 불안이 마그마처럼 분출하지 않도록 잘 흘려보내고, 엄마 앞에만 서면 작아지는 자존감이 제자리를 찾아 정착할 수 있도록, 그래서 불쑥불쑥 심술이 나를 지배하지 않도록 단련하는 중이다. 할 수 있다. 가을은 사람도 곡식도 모두 익어가는 계절이니까.

# 당신이란 여행지

〈스물다섯 스물하나(2521)〉라는 드라마가 끝이 났다. 넷플릭스 파라 본방보다 하루 늦은 엔딩. '너를 그곳에 너무 오래 세워 두었다'라는 내레이션에 눈물이 터져 엉엉. 아침에 베갯잇을 벗겨 나와야 하는 참사를 빚고 말았다.

내 2521은 용광로처럼 뜨거웠으나 쇳물을 다룰 줄 몰라 죽을 만큼 데이고 까였다. 나를 믿지도 사랑하지도 못했으니 타인을 향한 그것이 될 리 만무했고 이성 간 사랑에 있어서는 더더욱 그러했다. 내가 사랑받기 충분한 사람이란 걸 알지 못했고. 분출된 열정 안엔 나는 사랑받지 못할 거란 자격지심이 빙하처럼 자리 잡고 있었다.

집에서 늘 오빠와 차별 대우를 받았던, 심기 불편한 엄마의 감정이 고스란히 내게로 돌아왔던, 어린 날 시린 기억이 날 데려간 곳이 거기였다. 그래도 밖에선 늘 활동적이고 당당한 듯 살았기에 언뜻언뜻 찾아드는 불안을 모른 체했다. 괜찮아질 거라고, 내 사랑만으로 충분하다고, 내가 다 보듬을 수 있다고 오만이라도 부려보아야 했다. 사랑을 갈구했지만 보상받지 못하고 종아리를 맞은 날도 엄마 등짝에 붙고서야 잠이 들었던, 한 마디 위로나 한 번의 토닥임을 기대했을 그 아이는 하나도 자라지 않았는데, 몸만 커 이십 대가 된 까닭이었다.

이루어지지 않아도 좋았으련만. 우격다짐으로 끌고 다닌 사랑이 결혼했다고 달라질 순 없었다. 8년을 부단히도 나를 속여온 사랑은 이혼이란 이름으로 막을 내렸다. 사랑 앞에만 서면 자신감은 사라지고 그때 그 어린아이가 되어버리는 이에겐 어떤 사랑도 순탄할 수 없었으니까. 그걸 깨닫느라 몇 번의 인연이 스쳐갔고. 그들 탓이라고, 그렇게라도 전가하고 견디는 게 맞다고 판단한 이후 더 이상 사랑 앞을 서성이지 않게 되었다.

'온 마음으로 사랑했어.' 그 대사를 듣는 순간. 베갯잇을 적시며 통곡한 짧은 사이. 모든 게 내 탓이었구나, 사랑하고 사랑받을 준비가 되지 않은 어린아이가 제 맘을 들여다보고 성장하는 대신 타인에게 갈구했던 마음은 그렇게 돌아올 수밖에 없었구나. 온 마음을 다해 인정한다. 내가 만든 결과였다. 이제야 완전하게 패배한다. 귀향하고 부딪히면서 상처들을 돌보았기에 가능해진 일이다. 뒤늦게 쑥쑥 자라고 있는 지금, 지난 시절 모든 그대들께 사과한다.

비가 내린다. 베란다 창 너머 남태해안길 바다에 토독토독 존재인 듯 아닌 듯 자세히 오래 바라보지 않으면 포착할 수 없을 빗방울이 내려앉는다. 한 방울 두 방울 빗방울을 따라 사랑했던 기억이 떨어져 내린다. 미안하고 고마운 마음이 추억과 그리움을 껴안고 옹기종기 떨어진다. 그것들을 따라 마음을 옮기다가 흘러간 모든 것은 내가 선택한 단어로 남는다는 단순한 사실을 깨닫는다. 사랑은 순간순간 덮치는 거대한 파도를 넘은 용감한 나룻배 한 척만 남기고 사라졌다는 것을, 모든 사랑을 떠나온 길에서 배운다.

비가 가득한 날이었다. 부석사 밑 자그마한 동네. 삼십 년은 넘은 듯 허름한 여관에 짐을 풀고 나무들이 저마다의 거리로 늘어선 길을 걸어 천년의 세월 속으로 들어섰다. 차마 잊히지 않을 날들이 될 줄 모르고 무량수전 뒤란 뜨럭에 걸터앉아 빗물이 처마를 미끄러져 땅에 조그만 우물을 만드는 모습을 하염없이 바라보았다. 시간을 따라 한 발짝씩 여름이 저물었다.

소원들이 절이 되고 가부좌가 되는 사이, 오늘 그렇게 열반하려는 건 아니지? 어두워지는 법당으로 문자를 보냈더니 장삼을 벗어 던진 부처님이 환하게 내 눈앞을 밝혔다. 이박 삼일 동안 부처님 손을 잡고 비와 바람, 햇살과 별빛 속을 쏘다니다 절집 보고 기대선 주막에 들어 막걸리 한 사발 동동 마시고 꿈도 없는 잠에 빠져 가을을 맞았다.

사랑이라 믿었고 세상 무엇과도 바꿀 수 없는 내 아이들을 데려다 준 한 번의 결혼, 혼자서만 동동거렸는데 세상에 다 들켜 버릴 만큼 두근거렸던 두어 번의 짝사랑, 해일보다 더 큰 위력으로 내 감성을 부수고 지나간 짧았던 연애. 오십몇 년 내 삶에서 사랑이란 성적표는 그러했다. 부석사 대웅전에서 백팔배를 함께해준 그대가 없었다면 낙제점을 면하기는 어려웠을 터. 온 생을 머물러 함께할 수 없다고 해도 단 하나였던 사랑은 마음에 등대 하나 세우고 지나간다.

스쳐 지났던 한 시절의 인연, 결국 혼자만의 운명이 되었다 해도, 그 무엇도 어떤 시간도 원망하지 않는 일, 자신만이 증명할 수 있는 여정이란 걸 이제는 안다. 사랑해요. 여전히. 허공에다 써두었던 수 없는 마음들이 비가 되어 바다를 적시는 동안 노을은 저 혼자 수평선을 향해 얼굴을 붉히고, 아팠던 기억뿐이라 여겼던 젊은 날이 그리움으로 밀려든다. 고통스러울까 지레 뒷걸음질 치던 지난 세월을 당겨와 저 바다 어딘가에 부표 없이 묶어두고 돌아선다.

나는 이토록 완전하게 아름다운 사람이었구나. 그대 눈길 안에 서고야 비로소 알게 되었다. 그날 이후 내 하루들은 그 이전으로 한순간도 회귀하지 않았다. 그대를 세워 두고 돌아선 들판에 억새가 다시 피길 여러 해, 혼자서도 굳건히 아름다울 수 있는 건 함께 영원한 순간을 지나준 당신이 있었기 때문이다.

설렘 일상을 잃어버린 채 여행을 떠나고 아무 일도 일어나지 않은 여정에서 돌아와 책상 앞에 다시 앉는다. 살아내는 동안 스쳐간 수많은 스펙트럼 속에서 선명하게 빛났던 한 줄기, 무덤 같았던 날들을 들꽃 가득한 언덕으로 바꿔버린 것은 사랑이었다. 아무리 시간이 지나도 다른 이름으로 저장되지 않을, 당신이란 여행지를 거닐 수 있어서 행복했다.

# 사소하고 유치한 슬픔

찬란하게 슬프고 싶은 날이다. 거기 있는 줄 알면서 다가가지 못하고 처마 밑을 서성이던 비 오는 저녁처럼 천둥 울고 번개 치고 바람이 덜컹이는 한때를 지나자니, 마음은 동동거리고 걸음은 종종댄다. 어중간하게 술을 마시고 취하지도 안 취하지도 않은, 말짱한데 말짱하다고 우길 수는 없는 상태, 사는 일이 내게는 그러했다.

한 번도 오직 나만을 위한 무언가를 받아보지 못했다. 굶어야 할 만큼 가난하지 않았기에 같은 시대를 살았던 다른 사람보다 잘 먹고 살았고, 명절이면 옷 한 벌 사줄 수 있는 형편이었기에 좋은 옷도 입고 살았다. 그러나 할아버지가 오직 오빠만을 위해 시장에 데려가 바나나를 사 줄 때 나는 그곳에 있지 않았다. 수없이 많은 닭들이 키워지고 삶아졌던 어린 시절 그 어떤 순간에도 닭똥집은 내게 오지 않았다.

우선순위에 있는 사람들을 위해 차려진 밥상에서 나한테 허락된 것들만 먹고, 손녀 공부할 노트보다 손자 빵값이 우선이었던 할아버지 부당한 처사에도 토를 달면 안 되는 일이다. 깊이 생각하지 않고 설렁설렁 넘어갔더라면 썩 괜찮았던 유년기였는데, 슬픔이 시도 때도 없이 달라붙어 심장을 갉아대던 순간에는 사소했어야 하는 그 일들이 와글와글

들고 일어나 슬픔과 편을 먹고 나를 공격하곤 한다.

중학교 3학년 때 할아버지가 돌아가시고 나는 미친 듯 눈물이 흘렀는데. 제일 사랑받은 오빠는 많이 울지 않았다. 나이가 들어 어느 날, 그 이야기를 했더니 남동생이 "누나야, 원래 사랑 못 받은 사람들이 언제 사랑 한 번 받아보나 하다가 그럴 기회가 없어져서 슬픈 거야. 원 없이 사랑받은 사람이 왜 눈물이 나겠나?" 하더라. 남동생도 할아버지한텐 차별받아서 그랬는지 딱 정확한 말이구나 싶었다. 오직 자기만을 위한 밥상을 한 번도 받아보지 못한 사람들은 늘 허기가 지나 보다.

쓰다 보니 참 유치하기 그지없다. 고작 닭똥집에 이제는 흔해 빠진 그 바나나에서 비롯되었다니. 슬픔은 그렇게 사소하고 유치하고 비루한 것들을 먹고 마시며 몸집을 불린다. 거기에 잠식당한 사람들이 '겨우 그거에 내가?' 말하면 치사하게 될 것 같아 숨기게 되는 그 지점을 파고들어 온 생을 따라다닌다.

사춘기 때도 하지 않는 반항을 하고 엄마를 두고 가출한 쉰네 살 딸은 오늘도 열심히 써 내려간다. 내가 원하는 건 엄마가 나쁜 사람이라고 말하고 싶은 게 아니다. 엄마의 엄마가 살아낸 시간보다 더 잘하려고 애썼다는 걸 안다. 그냥 어린 시절 어떤 기억들이 날 평생 힘들게 한 원인이었다고, 그러니 그것을 인정하고 그로 인해 상처받은 마음에 손을 내밀어 달라는 것이다.

사람에게 한평생이란. 죽을 것처럼 힘들었던 수많은 시간은 넘기고, 그만큼이면 괜찮았다 싶은 순간들을 차곡차곡 간직한 채 돌아가는 일일 것이다. 삶이 비롯된 순간부터 죽음에 맡겨둔 삶, 사소하고 유치한 슬픔은 버리고 마지막 장을 덮고 싶다. 오늘 하루쯤은 사랑받지 못한 그들이 슬픔의 곁을 떠나지 못하고 있는 것은 아닌지 둘러 보아도 좋을 날이다. 사소하지 않고 유치하지도 않게 찬란하게 슬프고 싶은 날이 있다.

# 오빠야 조금만 기다려 줘

저 먼바다에서 태풍이 온다고 하더니 바다는 어제와는 사뭇 다른 얼굴을 하고 있다. 잔잔하기만 해서 잊고 있었던 파도가 다른 자아를 보여주겠다고 작정한 듯 밀려든다. 아직 하늘은 맑은데 바람도 파도를 따라 점점 강도를 더해간다. 눈 뜨면 바로 바다의 표정을 읽을 수 있는 이런 아침을 동경했더랬다. 그렇게 평생을 꾼 꿈이 현실이 되어 제주도 바다와 태풍이 온다는 소식을 공유하고 있다. 그만두지 않고 살아내기를 잘했다 싶어진다. 새삼.

오빠는 나보다 딱 한 해하고 오 일 먼저 태어났다. 우복종가 15대 종손이란 타이틀을 가지고 태어난 오빠는 할아버지한텐 세상 둘도 없는 보물이었다. 오빠가 열 살 땐가 삼촌들하고 뒷산에 묘사 지내러 갔던 날이었다. 늦가을이었으니 추우니까 불을 좀 피우고 쉬다 가자고 오빠가 말했는데 삼촌들이 빨리 갔다 오자고 했다. 골이 잔뜩 난 오빠는 그날 혼자 불을 피웠고, 급기야 뒷산이 불길에 휩싸이는 사건이 일어나고야 말았다.

동네 사람들이 다 달려와 불을 끄고 난 저녁, 집에서는 삼촌들이 할아버지께 야단맞는 소리가 넘쳐났다. 오빠는 어찌 되었냐고? 엄마 아버지한테 불낸 아는 뭐라 하면 안 된다고 엄명을 내리신 할아버지는 오빠를 앞에 앉히고 "아이고 우리 대감 불 한 번 질러보셨는가?" 하셨다. 오빠랑 남동생을 함께 사랑에서 데리고 주무시다가 한밤중에 화장실을 가셔야 하면(남성 전용 화장실은 사랑 마당 끝에 있었다) 어린 남동생을 깨워 데리고 가셨다. 엄마가 "아니 큰 아를 깨워 가시지 어린 거를…" 하면 "갸는 한 번 잠들면 업어가도 몰라" 하셨단다. (아-예- 오죽했을라구요.)

봉건시대 막바지에 태어나신 할아버지가 그렇게 사신 것은 어쩌면 당연하다고 해야 하는 일일지도 모른다. 오빠가 전부이긴 했지만, 워낙 자상하신 양반이라 다른 손녀 손자들을 야단치시지는 않으셨다. 그냥 온 집안 분위기가 오빠는 당연히 그런 대우를 받아야 하는 사람이었으니 감히 다른 마음을 먹어보지도 못한 게 사실이다. 그런 오빠는 내가 엄마한테 야단을 맞을 때면 자기가 온몸으로 나를 감싸 이불을 덮고 그렇게 막았더랬다. 내 공책값은 안 주시고 오빠 빵하고 우유 사 먹으라고 할아버지가 주신 돈을 대문 앞에서 나한테 쥐여주며 공책 사고 맛난 거 사 먹으라고 했고.

재수한 오빠는 나와 같은 학번으로 대구에서 대학 생활을 시작했고, 방학 때 안동에서 돌아온 나한테 수영복을 선물하기도 했다. 대구 여대생들은 그런 게 하나씩은 다 있더라고 하면서. 방학을 마치고 돌아갈 때면 지가 받은 용돈을 나한테 더 주기도 했다. 여학생들은 화장도 하고 옷도 사 입어야 해서 돈이 더 필요할 것 같다는 말을 덧붙였다. 엄마가 나보다 오빠한테 용돈을 많이 주었을 거라는 합리적인 의심이 들기는 했지만 한 번도 정식으로 물어본 적은 없다.

오빠는 초등학교 때 같이 대구에 가서 살았던 1년 동안 걸핏하면 나한테 화를 내고 때리기까지 했던 자신을 참 많이 반성하며 산다. 어른이 되면서 기회가 될 때마다 미안하다고, 살면서 자신이 한 가장 부끄러운 일이라고 언제나 눈물로 사과한다, 진심 어린 사과는 오랫동안 트라우마로 남아있던 마음도 녹여주었다. 대구 그 집에서의 1년은 저한테도, 나한테도 참 힘든 날이었으니 저보다 어린 나한테 화풀이를 한 거였구나. 지도 어려서 그 방법밖에 몰랐겠구나. 그렇게 용서하게 됐다.

"임아!" 어느 밤 아홉 시쯤 귀가한 오빠가 엄마가 아니라 날 부르며 들어온다. 안방에 있던 엄마가 아들 소리에 먼저 마루로 나오셔서 "그게 뭔데?" 하고 물으신다. "어 임이 선물." 오빠가 대답하고, "뭔 총같이 생겼는데…" 하는 어머니 말씀에 상방에 있다 마루로 나갔다. 세상에나 무선 청소기를 두 대나 갖고 왔다. (다이슨이냐구요. 노노. 차이슨요.)

엄마는 어두운 데서 포장지에 청소기 그림을 보고 총 같아 보인다고 하신 거다. 오빠랑 내가 깔깔거리며. "우리가 한창 총싸움 좋아할 나이지." 거의 동시에 말했다. "아니 뭐 한다고 두 개나 샀어?" 했더니 "안방 사랑방 들고 다니기 힘들잖아" 한다. 한옥 특성상 청소기가 있어도 마루에는 사용할 수 없고 방들은 뚝뚝 떨어져 있는 탓에 유선 청소기는 잘 쓰지 않아 캠핑장에 가져간 지 오래됐는데 마침 무선 청소기를 사 온 거였다.

"근데. 오빠야. 이거 내 선물 맞나? 선물이라고 하는 것은 작고 반짝이거나, 물 건너와 뭇 사람들 시선을 받고 메고 다니는 것이거나, 하다

못해 포장지에 곱게 싼 다발이라도 돼야 하는 거 아이라?" 했더니 "청소하는 게 넌데 빗자루질만 안 해도 힘이 덜 들겠지 싶어 샀으니 니 선물 맞잖아" 한다. 듣다 보니 맞는 것도 같다. 맞다 하자. 내 선물.

안채에 한 대 사랑채에 한 대. 으쓱으쓱. 총같이 생긴 청소기를 두 대나 가진 사람이다. 내가. 한옥 마루에 최적화된 청소기도 언젠가는 나올 거라 믿는다. 밤새 충전해두었다가 아침에 방 청소했더니 가볍고 먼지도 잘 빨아들인다. 빗자루로 쓸고 걸레로 닦아도 끈질기게 구석에서 살아남은 문지방 틈 먼지도 싹 처리했다. 오빠야 내 선물이라니 고맙긴 한데, 그것이 자신한테 필요한 물건이라는 생각을 할 때도 된 거 아닐까 싶다. 내는. 요즘은 외출했다 돌아가면 사랑채 청소기를 돌린 흔적이 종종 눈에 띈다. 나이스!

보통 드라마 같은데 보면 아들이라서 더 대접받고 산 사람들은 안하무인에다 자기밖에 모르는 사람으로 성장하는 것이 다반사다. 친구들 오빠나 동생들을 봐도 그런 집이 꽤 있는 것도 사실이다. 그러나 우리 오빠는 그들보다 훨씬 더 대우를 받고 편파적인 할아버지의 지지를 받고 자랐지만, 그것이 옳은 일이 아니란 걸 어릴 때도 알았단다. 참 좋은 사람으로 성장했고, 나는 그런 우리 오빠가 참 고맙고 좋다.

엄마한테 섭섭한 게 있어 눈물을 훔치고 있으면 등을 도닥여 주고, "엄마, 임이한테 그러지 좀 마, 우리한텐 그래도 상처를 덜 받지만 야는 모든 게 상처가 돼." 내 처지를 대변해 준다. 이 나이에 가출하고 집에 오지 않는 동생에게 "언제라도 괜찮아. 오고 싶을 때 전화해. 데리러 갈게. 난 아버지가 나한테 만들어주신 내 형제들은 절대로 포기 안 해." 오빠는 그렇게 늘 그 자리에 있다. 이 여행을 마치고 나면 세상 가장 든든한 동생이 되어 돌아가겠다고 약속한다. 나쁜 기억들은 전부 제주도 바다에 놓아주고 마지막 생채기 하나까지 치료하고 나서, 세상에서 젤 좋은 오빠가 있는 집으로 돌아가겠다고. 오빠야 내 오빠 해줘서 고맙데이.

# 곧 당신께 돌아가겠습니다

제주에서 한 달 살기, 나를 들여다보기 위한 여정이었다. 내 상처는 어디서 기인했고, 나는 어디쯤 왔고, 어디로 어떻게 갈 것인지를 정리하고 싶었다. 열한 살에 집을 떠난 뒤 40년 만에 귀향을 결정했고, 엄마랑 함께 사는 시간은 좋은 만큼 힘도 들었다. 둘째로 태어났지만 엄마의 애정 등급으로는 네 남매 중 내가 꼴찌라고, 그러니 집에서 당한 어떤 차별도 그러려니 하면 된다고, 수도 없이 인정하고 받아들이려고 엄청나게 애썼다는 걸, 상처받지 않기 위해 많은 기억을 지우고 살았다는 걸 알아버린 시간이었다.

좋은 일들이 훨씬 많았는데 화가 난 엄마 눈빛에서 되살아나 어제 일인 양 달려드는 어린 시절이, 기억은 사라지고 슬프고 억울했던 감정만 남아 나를 괴롭혔다. 여전히 그 눈빛 안에서 나는 자라지 못한 아이였고, 그런 눈빛을 만난 날은 된장찌개를 끓이는 일도 나물을 무치는 일도, 하나도 어려울 것 없는 일상을 버벅거려야 했다.

떠나오면서 질문만 가득한 노트 한 권 챙겨 왔다. 매일 문제를 앞에 놓고 풀고 또 풀었다. 여전히 답을 적지 못한 문제가 더 많다. 그러나 두어 개쯤은 이것이 정답이구나, 왜 그걸 몰랐지 무릎을 친 곳도 있다. 단단한 문장이 자리 잡은 곳이 생겼다. 생각나는 대로 삐뚤빼뚤 나열한 몇몇 단어들이 따듯하게 서로를 기대고 서 있는 곳도 있다. 이만큼만이라도 되었다 싶다. 풀기 시작했으니 빈 곳은 채워갈 수 있다는 믿음이 생겼다.

엄마가 나를 미워하지 않았다는 걸 안다. 내가 당신을 생각하는 것보다 훨씬 더 많이 날 생각한다는 것도 잘 안다. 당신이 태어나 배운 세상이 그랬고, 당신이 딸로 태어나 여자로 살면서 당연하다 받아들이고 살았던 일이라 그랬다는 걸 이해한다. 갱년을 맞은 딸이 예민하게 받아들인 부분이 있다는 것 또한 인정한다. 그래서 그냥 있는 그대로 부딪히면 부딪히는 대로 풀리면 풀리는 대로 살아야지 생각한다. 상처가 생기고 곪았다고 해도 그건 한 부분일 뿐 걸음에 지장을 주지도 목숨에 해가 되지도 않았으니, 또 생길 상처들을 지레 두려워하지 않을 것이다.

내가 엄마를 얼마나 존경하는지, 내가 우리 엄마를 얼마나 사랑하는지 엄마가 알았으면 좋겠다. 당신이 있어 나는 내 딸에게 당신보다는 조금 더 나은 엄마가 될 수 있었다. 모든 문제를 다 풀어야 할 필요는 없다. 가끔 답이 필요하지 않은 문제들도 있는 것이니까. 희로애락, 생로병사, 그 모든 것이 함께 들어있는 삶, 그 삶이 비롯된 곳, 엄마라는 존재는 답을 적을 수 없는 질문지다. 풀려고 노력하는 대신 함께 부대끼며 살아내야겠다. 그냥.

사람들은 종가의 종부는 여리고 여성스럽고 헌신적이고 자기주장은 없는 사람인 것처럼 생각하는 경향이 있는 것 같다. 공주 신드롬이 한창일 때 낭창하고 고운 아이들을 공주 같다고 하는 사람이 많았다. 공주는 자기 나라를 위해 원하지 않아도 다른 나라에 가서 품위를 지키며 꿋꿋하게 운명을 개척해야 했으니 그들이 연약하고 낭창하지는 않았을 것인데, 편견은 동화책에서 시작된 것이 분명하다. 남의 큰집 종부로 사는 것도 그와 마찬가지라 강하고 자기주장이 분명하지 않으면 살아낼 수 없는 자리다.

내가 우리 엄마를 대단하고 멋지다고 생각하는 건, 그분이 자식을 위해 헌신하고, 종가를 지키며 죽도록 참고 산 지점이 아니다. 당신이 겪어 내신 부당한 일들을 우리에게 덜 하려고 애쓰신 부분이다. 시어머니에게 부당한 대우를 받은 며느리가 악독한 시어머니가 되고, 폭력 속에 자란 아이들이 폭력적인 어른이 되는 일이 비일비재하다. 그럼에도 그것을 극복하고 고리를 끊어내는 사람들이 있다.

우리 엄마는 그런 의미에서 좋은 사람이고, 멋진 사람이다. 당연하다고 여기지 않고, 당신이 당한 만큼 되풀이하지 않고, 당신이 여자이기 때문에 받았던 부당한 대우를 딸들에게 덜 하기 위해 애쓰고 사셨다고 인정한다. 동네 사람들이 힘든데 뭐 하려고 딸들까지 대학을 시키느냐고 했을 때 딸내미들 대학도 안 보내려면 당신이 왜 이 고생을 하고 사느냐고 말씀하셨고, 그런 엄마가 있어 딸이라서 대학을 포기해야 했던 사람들과 다른 삶을 살 수 있었다.

엄마는 일곱 남매의 맏이다. 엄마가 열세 살 되던 해 딸 셋에 아들 하나를 남기고 외할머니는 돌아가셨고, 처녀로 아이가 넷인 집에 덜컥 시집오신 지금 외할머니가 아들 하나, 딸 둘을 낳아 칠 남매 맏이가 되신 것이다. 엄마는 초등학교를 졸업하고 집에서 살림하다 스물셋에 집안 주선으로 아버지와 선을 보고 우리집에 와서 오늘까지 살았다. 당신도 공부를 했더라면 이렇게 살지는 않았을 거 같다고 가끔 말씀하시는데, 나도 그 말에 전적으로 동의한다. 우리 엄마는 자식 손자들까지 통틀어서 가장 기억력이 좋으시고 판단도 정확하신 분이니까.

오늘 문득, 딸네 집에 오시면 사랑채 문을 열고 마당을 내려다보시던 외할배 서늘한 눈빛이 생각난다. 청상에 혼자 되어 큰집 살림을 떠맡고 아이들 네 명 건사하며 사는 딸을 보는 그 심정이 어땠겠는가! “부모에게 받은 사랑을 자식한테 베풀고 사는 거, 그게 역사”라던 말씀도 따라온다. 어느 부모가 자식을 사랑하지 않았을까. 어느 자식이 부모가 주신 사랑을 다 알고 있을까. 나 또한 엄마한테는 자식인지라 그 앞에선 자식인 채로 철딱서니가 없다. 왜 그랬냐고, 내가 그래서 아팠다고, 생각이 거기에 닿으면 울컥울컥 엄마를 원망한다.

그러나 그런 시간은 짧았고, 대부분 시간은 당신을 존경하고 사랑했다고 고백한다. 눈물 나는 엄마 인생이 너무 버거워서 도망치고 싶었고, 그런 엄마 삶에 먹칠하고 사는 것 같아 죄스러워 자꾸 움츠러들었던 못난 딸이었지만, 언제나 엄마가 그곳에 있어 견디고, 조금이라도 내 아이에게 좋은 엄마가 되려고 애쓰면서 살았다. 남은 날은 원망 없이 눈물도 없이 엄마 옆에 있고 싶다. 이제 돌아가면 그럴 수 있을 것 같다. 어린 시절 생채기들에 새살이 돋기 시작했으니 곧 당신께 갈 것이다.

# 슬픔이 건네는 말들

슬픔이 건네는 말은 거칠고 힘이 세다. 그런 날을 무사히 건너려면 돛단배가 되어줄 단어와 노가 되어줄 문장들이 있어야 한다. 하필이면 그런 날 수도 없던 단어와 문장들은 어디론가 사라지고 슬픔과 슬픔과 슬픔만 남아 마음속을 걸어 다닌다. 마음을 돌려세울 무엇도 찾지 못하고 깊은 슬픔 속에 웅크리고 있노라면 오랜 시간 한 켜 한 켜 쌓아 올렸던 자존감은 썰물처럼 쑤욱 빠져나가고 없다.

세상에서 나를 설득하는 일보다 어려운 일이 있을까. 톱 모델들은 자신이 입은 옷이 자신에게 가장 잘 어울리고 자신이 그 옷을 소화할 수 있는 세상 유일한 사람이란 것을 믿는단다. 베스트셀러 작가들은 자신이 그 단어에 가장 맞춤한 자리를 찾아낼 줄 아는 최고의 언어조련사라는 것을 굳게 믿었기에 그 자리에 닿았을 것이다.

한 편을 쓰고 나면 그만큼의 부끄러움이 미리 와 자리를 잡고 있다. 화들짝 엔터 키를 누르고 백지 위를 다시 걸어 보지만 나를 설득할 수 있는 단어들은 손가락 사이를 빠져나가는 모래알처럼 순식간에 자취를 감춘다. 어디에서 다시 신발 끈을 묶고 또다시 걸어야 할까.

아무것도 없었던 때로 돌아가 본다. 기대도 가능성도 그 무엇도 존재하지 않았던 날, 그날 내가 꾸었던 꿈을 들여다본다. 거기서 시작하면 될 것도 같다. 어차피 어디에 닿을지 알 수 없었지만 걸어온 길이고, 걸은 만큼 새로운 세상과 대면했으니 또 다른 길이라고 못 갈 것도 없다. 그렇게 천방지축 여기저기 새로운 곳으로 자꾸 걷다 보면 시나브로 아는 숲이 늘어나고 거대해서 한눈에 볼 수 없었던 산맥도 그릴 수 있게 될 것이다.

슬픔이 말을 거는 날은 무엇보다 나를 설득할 수 있는 문장을 찾아내야 한다. 나를 설득할 수 있는 바람을 만나야 하고, 그런 하늘과 함께 바닷길을 걸어야 한다. 발자국마다 따라 따라오던 슬픔을 따돌리고 나면 어느새 새로운 숲에 닿아 있을 것이다. 숲을 품고 태고의 세월을 견딘 산맥이 웅장한 모습을 보여줄 것이다.

제주 한 달 살기 마지막 날이다. 오전에 글 한 편 써놓고 점심때쯤 숙소를 나선다. 거의 숙소에서만 보냈으니 마지막 날은 조금 오래 걸어도 좋겠다 싶다. 지난번 올레 5코스 길을 따라 쇠소깍 쪽으로 걸었으니 이번에는 반대편으로 걸어볼 요량이다. 사실 어느 저녁 산책길에 그 길을 잡았다가 어두워지는 통에 서둘러 돌아왔던 아쉬움이 있었던 까닭이다.

한 시간쯤 걷다 보니 배가 고프다. 마침 점심시간이 지나 손님 한 명 없는 식당이 나를 기다리고 있기라도 한 듯 불을 밝히고 있다. 자동문을 열고 들어가 "혼자도 먹을 수 있나요?" 물으니 "그럼요, 이쪽으로 앉으세요." 주인분의 친절한 미소에 절로 안심이 된다. 구석 자리에 홀을 등지고 앉아 회정식을 시켰다. 와우! 오징어무침, 샐러드, 어묵볶음, 김치, 오징어 진미채 볶음, 단호박 튀김까지 이렇게 멋진 한 상이 만 원이라니. 천천히 아주 천천히 하나하나 깔끔하게 다 먹어치웠다.

포만감을 안고 나와 조금 걷자니 바다가 사라지고 숲길이다. 비가 오락가락하는 날씨에 걷는 사람은 나 혼자라 조금 스산하다. 이쯤에서 그냥 돌아갈까. 바다도 끝난 것 같은데, 무서운 생각에 사로잡혀 깨작깨작 잔머리 굴러가는 소리가 들린다. 아니야 오늘은 저 먼 곳까지 가보기로 했잖아. 호랑이가 나와도 맨손으로 때려잡을 거면서 뭐가 무섭다고 그래. 달래면서 걷다 보니 다시 바다가 보인다. 그 앞에 빨간 등대 하얀 등대 나란히 서 있다.

내친김에 태흥2리 마을 카페 '옥돔역'에 들러 아이스 아메리카노 한 잔 사들었다. 커피도 숙소에서 내려서 먹기만 했으니 마지막 날 이 정도 호사는 괜찮겠다 싶어 까짓거 물 쓰듯 썼다. 아 좋다, 참 좋다, 진짜 좋다. 슬그머니 상념이 끼어들라치면 토닥토닥 비가 내려 마음을 비우게 하고, 과하지 않은 바람이 내내 함께 걸으며 땀을 말려 준다. 구름 속에 얼굴을 숨기고 있다가, 잘 걷고 있나 빼꼼 얼굴을 내밀어 주는 태양도 위안이 된다.

표선으로 가는 자전거길을 걷고 있자니, 내게도 길 잡아 주는 등대 하나 있었으면 좋겠다 싶다. 등대를 찾아 나서야겠다. 수없이 썼다 지운 문장이 떠올랐다. 바다가 있는 곳 어디라도 모퉁이만 돌면 등대가 있는데, 등대를 찾는답시고 어디를 헤매고 다녔는지. 마치 다리가 아파서 못 가겠다고 길바닥에 퍼질러 앉아 떼를 쓰는 다섯 살 어린아이 같았구나 싶다.

내 삶에도 아주 촘촘한 간격으로 등대가 있었다. 조만치만 걸어가면 언제든 만날 수 있었는데, 모르고 지나치고 눈여겨보지 않았다. 그러면서 먼먼 바다에 있는 등대를 찾아 떠돌았다. 가까이 있어 준 등대를 하나하나 찾아가야겠다. 빨갛고 하얗고 노란 등대 앞에 앉아 먼길을 돌아왔던 모험담을 풀어놓고 헤벌쭉 웃어봐야겠다. 어느 모퉁이에서 나도 누군가의 등대가 되어 서 있어 주어야겠다.

# 집으로 가는 길

집으로 가는 길은 다채로운 풍광만큼 여러 가지 감정이 함께 했다. 세월에 따라 형편에 따라 수없이 뒤엉킨 감정들 안에 언제나 들어있던 그것은 양수 속에서 유영하던 태아가 가진 원초적 편안함이었을 것이다. 식구들 관심은 오롯한 내 것이 아니었지만 자연은 언제나 날 품어주었고, 들길에서 산길로 산길에서 마당으로 이어진 걸음걸음 속에서 나는 자랐다.

대처로 공부하러 나간 이후, 휴일이나 방학이면 집에 돌아왔고, 결혼하면서 특별한 날에 다녀가는 곳이 되었다가 오십에 귀향을 선택한 이후 내 집과 고향집을 오가는 두 집 살림이 계속되고 있다. 외지로 유학을 떠나기 전 내 놀이터는 우산동천 전체였다. 대문채를 나와 시신대를 지나 오른쪽 냇가 쪽으로 내려가면 계정과 대산루가 왼쪽으로 산길을 따라가면 우산서원 강당이 있다. 건물이야 관심의 대상이 아니었던 어린 시절엔 길가에 지천인 먹을 것들에 홀려 다녔다. 산에는 머루와 다래, 개암이 줄줄하고 강당 가는 길섶엔 산딸기들이 즐즐했다.

아침이면 백호동(집 앞산)을 뛰어다니다 학교에 갔고, 딱지치기를 제외한 거의 모든 놀이는 마당과 숲과 내에서 이루어졌다. 무슨 영문인지 모르지만 나만 오지게 야단을 맞아 억울했던 날에도 담 밖만 나서면 잊어버렸고, 저녁이면 엄마 등짝에 붙어 잠이 들었다. "요즘 남자들이 살기 힘들다꼬 난린데, 가만 생각해보만 그 말도 맞제, 가들도 참 불쌍한 세상 만났다." 친척 언니와 형부가 다녀가고 나서 울 엄마 하신 말씀이다. "그냥 처가 쪽에 왔으니 그라는 기고, 형부야 사람이 좋으니 저래하는 기지. 아직도 멀었다. 나가보믄 천지가 남자들 세상이다." 답 사설이 길어지면 "우리 때는 그런 건 그냥 당연하다고 생각하고 넘깄다. 그라마 될 일을…." 어머니 한 마디에 내 어린 시절을 넘어온 방식이 저거였구나! 당연하다고, 별거 아니라고, 나만 그런 것도 아니라고 넘긴 거.

그 시절, 담 밖에서 용감했고 담장 안에선 주눅이 들어 살았다. 그게 잘못된 일이라는 생각조차 하지 못하고 받아들이는 것부터 배웠다. 유학을 떠난 뒤 집으로 가는 길은 요기조기 주눅들 준비를 해야 하는 시간이었고, 좀이라도 덜 상처받으려는 결의는 식구들 틈에서 혼자 이불을 돌돌 싸매고 잠드는 것뿐이었다. 그것조차 "쟈는 왜 지 혼자 이불을 돌돌 감고 자는지 몰라!" 하는 곁소리를 꼭 들어야 했다. 잔소리를 끌어냈다는 건 내 의도가 조금이라도 전달된 거라 굳게 믿으며 결혼 전까지 소심한 결의는 계속되었다.

아이를 낳은 뒤엔 미안함만 가득한 걸음이었다. 하지 말라고 한 결혼에 큰아이를 가지고 밀어붙인 혼인. 신행을 가던 날 집 앞에서 착잡한 표정으로 오빠가 차 문을 열고 기다렸다. 우루루 따라 나온 할매들 틈에 작은할매가 눈물을 훔친다. '니가 왜 그런 집에를 간다고 하노!' 입 밖으로 내신 적 없는 그 마음이 눈물을 따라 가슴에 와 박힌다. '할매 울지 마라. 내가 죽으러 가나. 내 잘살 테이까네 걱정하지 마라.' 안심이 될 말 한마디 남기지 못하고 눈물끼리 만나 바다가 될까 얼른 차에 오른다.

살면서 결혼하고 더 힘들어진 일가친척을 본 적이 거의 없었다. 엄마 세대만 하더라도 집안끼리 중매를 서서 한 결혼이 대부분이니 비슷한 견문과 환경 속에서 자랐고 안팎이 서로를 존중하며 살았고, 할매와 어매들 인내심은 바닥이 없었으니 어지간한 일들은 표면으로 튀어나오기 전에 이미 정리가 되었고, 고향은 늘 평화로웠다. 고모, 삼촌, 친척 언니 오빠들도 비슷한 집안끼리 결혼을 했고, 결혼 이후에 형편이 어려워졌다거나 하는 이야기를 듣지 못했다. 우리 집안에서 그렇게 어려운 일을 해낸 첫 번째 사람이 나였다.

아이들 고모가 오나 삽작거리만 바라보던 아이들 할머니는 친정에 다녀오란 이야기를 하지 않았고, 말하는 대신 꽁꽁 싸매는 것이 몸에 밴 나는 참고 참다 택시를 불러 아이를 태우고 말없이 집으로 돌아왔다. '엄마 나 왔어!' 대문 앞에서부터 불러야 할 귀가 소식도 없이 도둑고양이마냥 마당으로 들어선 그날, 식구들은 아무 말도 하지 않았고, 둘러앉아 밥을 먹었고, 아이를 끼고 상방에서 죽은 듯이 잠을 잤다. 고등학교 이후 한결같이 60킬로 후반대를 유지하던 딸 몸무게가 10킬로나 줄어든 것을 한탄하는 어머니 볼멘소리를 자장가 삼아 내처 자고 또 잤더랬다.

강변길을 자박자박 걸어볼 생각을 하지 못했고, 대산루 앞 목련이나 강당 앞 산딸기의 근황을 떠올리는 것은 있을 수도 없는 일이었다. 미안하고 미안하기만 했던 길에서 암담하고 암담한 곳으로 돌아가 버티기를 또 몇 년. "엄마, 더 이상은 못하겠어." 그 한마디에 무너져 내릴 마음을 몰라서가 아니라, 적어도 살아있어 주는 것이 내가 엄마에게 그리고 내 아이에게 할 수 있는 유일한 일이라고 생각해서 내놓은 말, "그래 결심했으마 뒤돌아보지 마라. 살다보믄 다 살아진다." 결혼을 뚜벅뚜벅 걸어 나온 딸과 딸이 불려 온 외손녀 두 명을 엄마는 그렇게 냅다 안아 들었다. 동네 사람들 입방아에 오르내리는 일이 엄마에게 형제들에게 얼마나 치명적인지 알고 있으니 될 수 있으면 멀찍이서 열심히 살아내야 했다. 괜찮다고 잘할 수 있다고 낮이고 밤이고 나를 몰아세우던 시절이었다.

대구 사는 남동생이 제 식구들 데리고 고향집으로 가는 날이면 전화를 했다. 그리고는 안동으로 우리를 데리러 왔다. 그렇게 하려고 봉고차까지 샀다. 아이들 둘 데리고 버스 타고 가는 게 힘들 거 같아서 왔다거나 하는 말은 입 밖으로 내지 않았다. 데리러 와줘서 고맙다는 말도 꺼내지 못했다. 차가 청룡 끝 천방으로 들어서면 아침까지 머리를 짓누르던 공과금 고지서도 보내야 할 아이들 학원비도 하얗게 잊혔다. 돌아가는 길은 오빠 차가 기다리고 있다. "내 앞에선 씩씩한 척 안 해도 돼여." 앞만 보며 무심한 듯 내어놓은 한마디는 길을 잃지 않고 찾아갈 등대가 되어주었다.

# 가족이란 그런 것이다

워낙 떡을 많이 하는 집에서 나서 자라다 보니 떡을 그다지 좋아하지 않았다. 평생 한 번도 떡이 먹고 싶다는 생각을 해 본 적이 없는데, 제주에서 한 달을 사는 동안 자꾸자꾸 떡 생각이 났다. 산책길엔 떡 파는 곳이 있나만 살피고 다니기도 했다(참 희한한 일이다). 육지는 떡집에서 좌판에 떡을 진열해 놓고 파는데 남원에 있는 여러 떡집은 전부 맞춤떡만 한다고 했다. 여동생이 왔을 때 올레시장에 가서 오메기떡을 사다 먹고 허기를 약간 달래기는 했지만, 내가 원하는 떡은 아니었다.

끄집어내고 날것 그대로라도 써두어야 한다는 목표에 충실했던 한 달 살기를 마치고 안동 집으로 돌아간 날, 일단 냉동실에 얼려 두었던 절편을 꺼내 프라이팬에 노릇노릇 구웠다. 잘 구운 절편을 접시에 담고, 집 간장을 종지에 따랐다. 절편을 간장에 콕 찍어 한 입. 바로 이거다. 첫맛은 짭조름하고 끝 맛은 길게 길게 달큰하고, 역시 절편에는 우리집 간장이다.

"딸! 딸! 일로 와서 구운 절편 한 번 먹어봐. 이야아~ 울집 간장이 맛있는 줄은 알고 있기는 했지만 완전 환상이다, 환상!" 내 호들갑에 절편 하나를 간장에 찍어 먹은 딸이 "사람들은 꿀이나 조청에 찍어 먹는 줄 아는데 역시 이 떡은 간장이지." 흔쾌히 동조해 준다. 마지막 하나까지 꼭꼭 찍어 먹고 손가락으로 간장만 찍어 또 먹고 "딸아, 엄마 내일 외가에 돌아가야겠다. 이렇게 맛있는 간장을 똑같이 담글 수 있게 배워야지. 이래가 될 일이 아이다." 바로 오빠에게 데리러 오라고 전화를 걸었다.

잘한 거라고는 하나도 없는 딸이, 설령 딸을 낳아 윗목에 밀어놓고 젖을 물리지 않았다 해도 '어떻게 그렇게 힘든 세월을 살았냐?' 위로부터 건네는 게 마땅할 정도로 위대하고 장엄한 엄마의 삶에 반기를 들었던 가출. 막내 여동생이 어느 날 "엄마가 전화해서 야단이라도 쳐!" 했다는데 "그것도 방법인가 싶은데 기다리는 게 더 나을 거 같으다" 하시며 눈물을 보이셨단다.

"오빠야, 나는 엄마가 미워서 집을 나온 게 아니야. 이해는 해. 그래서 미워하진 않아. 그런데 내가 살 수가 없었어. 견딜 수 있어야 내가 살 텐데, 실체는 사라졌지만 감정만 남아 나를 괴롭히던 어린 시절이 자꾸만 되살아나서 감당이 안 됐어. 그렇게 계속 있는 건 엄마한테도 나한테도 도움이 안 되는 일이잖아. 미안해. 오빠야." 집으로 가는 길에 주절주절 떠들었더니 "씰데없는 소린 할 것도 없고, 엄마 캠핑장에 있을끼다." 오빠가 캠핑장에 차를 댄다. 내내 차 소리가 들리기만 기다리고 있었는지 아니면 문을 열고 내다 보고 있었는지 신발도 다 못 꿰고 나온 엄마는 "아이고, 우리 딸 왔나!" 눈물이 그렁그렁한 눈으로 차 앞으로 다가온다.

"엄마, 미안해 내가 잘못했어. 엄마, 미안해." 8개월 동안 몇 년 치는 늙어버린 엄마를 안고 세상 나쁜 딸년은 울고 또 울었다. "둘이 집 나가도록 싸울 때는 언제고. 울고불고 왜 이카는데." 오빠 말에 눈물을 닦고 마주 보고 웃었다. "밥은 먹었어?" "아니, 너거 오만 먹을라고 기다렸지." 그 말 외에 다른 어떤 말도 더는 보태지 않았다. 남동생이 캠핑장에서 점심을 해주었고 우린 둘러앉아 밥을 먹었다. 마치 어제도 그랬던 것처럼.

다시 시작한 귀향살이. 눈뜨면 제일 먼저 한 일은, 예순여섯 칸 집을 쓸고 닦는 것이다. 저녁에 쓸고 닦고 이불을 펴고 잤는데 아침에 눈을 뜨면 참 많은 동거인들이 널브러졌거나 화들짝 놀라거나 한다. 쉰발이(그리마), 귀뚜라미, 거미, 풍뎅이 같은 아이들은 후자이고 다리가 긴 모기나 나방 같은 아이들은 전자인 경우가 많다. 마루에는 밤새 다녀간 또 다른 동거인 박쥐들이 남기고 간 흔적들이 즐비하다. 그러니 첫 일과가 청소인 것은 어쩌면 너무도 자연스러운 일이다.

안방부터 안마루, 상방, 사랑마루, 사랑방을 쓸고 닦는 동안 햇살은 담장을 넘는다. 동이 틀 무렵부터 동무들과 몰려다니며 식구들 잠을 깨운 참새들 깨방정은 이 나무 저 나무를 옮겨 다니며 지치지도 않는다. 사랑채 용마루 위에 한 마리, 뒷문 담장 옆 모과나무 위에 또 한 마리 까치들도 목청을 높이고, 대문 앞 자목련 꼭대기에선 까마귀가 존재를 알린다. 가출 기간 내도록 그리웠던 풍경이다.

소제를 마치고 아랫방 뜨럭에 빨래를 넌다. 안마당 하늘과 눈을 맞추고 떠 있는 구름에 인사를 전한다. '어이! 좋은 아침이야.' 알아들었는지 알 길 없는 안부지만 느리게 흐르는 그것이 대답이라 여긴다. 내가 청소하고 빨래를 너는 동안 엄마는 콩가루 시래깃국을 끓인다. 대부분

밑반찬을 준비해 두시니 아침에는 한두 가지만 더하면 그만이다. 식구들이 둘러앉아 밥을 먹는다.

할 말은 많지만 일단 묻어두고 자꾸만 같이 둘러앉아 밥을 먹는 사이, 맛있는 거 하나라도 서로 앞으로 자꾸만 밀어주며 같이 밥을 먹는 사이, 식구란 그런 것이다. "우리 딸 마이 무거라." 엄마가 평소 하지 않던 말씀을 하신다. "응, 이거 너무 먹고 싶었어. 엄마도 마이 머거." 밥상에다 코를 박고 비집어 나오려는 물기를 밀어 넣는다.

# 우리 엄마가 달라졌어요

타고 온 차를 짐과 함께 집으로 먼저 보내고 천방길을 걷는다. 우복종가 화살표 표시가 저렇게 구부러지는 게 맞나 볼 때마다 의문인 표지판을 지나 천천히 천천히 집으로 걸어간다. 청룡 끝에서 시작된 강변 둑방은 상현달 등성이같이 둥글게 휘어지고 백호동 못미처 한집으로만 이어지는 다리가 놓여 있다. 하루 두어 개 내 몫으로 받은 사탕을 사알살 녹여 먹듯 풀 한 포기 나무 한 그루마다 동글동글 인사를 건네며 걷는다. 태어나 마주한 뒤 단 한 번도 지겹지 않았던, 언제나 좋기만 한 내 무릉도원 자연 속을 출세하기 위해 집을 떠났던 열한 살 어린아이가 되어 걸어간다.

단풍나무 울타리 너머 자목련 사이로 대문채 지붕이 얼핏얼핏 보인다. 의도하지 않았는데 걸음이 바빠진다. 다리를 건너 경사가 급한 작은 언덕배기를 오르면 집이다. 원래는 2층에 다락방 두 개가 있어 더 높았다는 대문간, 오래전 화재로 무너진 뒤 새로 지은 대문간. 처음 문화재로 지정되고 고치면서 여러 차례 말을 했지만, 예산이 부족하다는 이유로 단출하게 단층으로 지어진 대문채를 들어서면 산수헌(山水軒) 당호를 이마에 걸고 사랑채가 당당하다.

집 뒷산에서 내려온 지형은 서쪽에서 동쪽으로 기울어지고 그 끝에 냇물이 흐르고 물을 막은 강변 길 너머 너른 들이 있다. 터 고르기를 하지 않고 지형 그대로 앉힌 사랑채는 안채와 높이를 맞추느라 돌로 두 단을 쌓고 돌계단을 놓았다. 사랑마루에 앉으면 사방이 탁 트여 들이 한눈에 훤하다. 엄마 귀가 어두워지면서 안방 문 앞에서 불러도 대답이 돌아오지 않는다는 걸 알지만 사랑 마당에서부터 "엄마! 엄마!"

영남지방 전통 양반가는 거의 ㅁ자 형태이고 우리집도 그러하니, 안채를 철통 호위하며 선 사랑채와 사랑채 아궁이 오래된 가마솥을 지나 소롯이 이어진 통로를 따라가면 안마당이 나온다. 작지도 크지도 않은 네모난 안마당을 끼고 시계 반대 방향으로 90도 돌린 기역자 모양을 한 안채가 남향으로 앉아 있다. "엄마! 엄마!" 한층 커진 목소리에 안방 문이 열린다. 올 줄 알고 있었으니 귀를 열어두었다는 말이다. "왔나!" 대수롭지도 유별나지도 않은 그 한 마디에 몇 날 며칠 머릿속을 맴돌던 걱정거리들이 일제히 와르르 백기를 들고 퇴장한다. 걱정이야 언제라도 다시 해야 할 일이니 까짓거 좀 미룬다고 어떻겠는가. 환갑이 다 된 나이에 온전하게 서로가 된 엄마와 내가 있는 한 무슨 걱정인들 대수겠는가. 안마루에 걸터앉아 신발을 벗는데 사랑채 용마루에 까치 두 마리 까까까아 까아까까 환영 인사가 분주하다.

오빠나 남동생 혹은 조카나 질녀들 없이 엄마랑 나 둘만 있을 때 밥상을 차리다 냉장고나 김치냉장고를 열어보고 있으면 "그냥 우리만 있는데 있는 대로 먹고 치우자." 굳이 뭐 거창한 걸 꺼내 먹자 해서도 아니었는데 엄마 그 말에 확 속이 상한다. 서둘러 김치 두어 가지 꺼내 식탁에 놓고 냉장고 문을 닫는다. 어디 하루 이틀 일도 아니고 그러려니 해야 하는데 올라온 부아만큼 입맛은 떨어지고 젓가락질은 깨작댄다.

안다. 당신과 나를 동일시했다는 걸, 남자들 밥상 위에 맛있는 거 놓고 여자들은 대충 먹으면 된다고 배우고 익히며 살아온 당신의 세월을, 모성이란 과도하게 포장된 남자들을 위한 종합선물세트 같은 것이란 걸, 그런 시절을 산 엄마가 혼자 달리 살기는 어려웠단 것 또한 잘 알고 있다. 알고 있었기에 속으로 삭이고 대항하지 않는 방법을 택할 수밖에 없었다.

부아가 나고 수가 틀리고 자기 삶이 억울해서 누군가에게 쏟아내야 했지만, 그 대상이 남편도 아들도 될 수 없었던 엄마에게 만만한 게 딸이었을 것이다. 당신이 엄마에게 그랬던 것처럼 뭘 해도 참아주어야 하는 존재였던 거다. 당신이 그렇게 사셨으니 그것이 당연하다고 믿었을 테고.

"임아, 마루에 있는 김치냉장고에 소고기 있는데 먹을라면 꺼내서 구워 먹어라." 가출 이후 엄마는 다른 식구들이 있든 없든 끼니때마다 맛있는 것이 든 냉장고를 지목하고 품목을 일러 준다. "아들도 없는데 우리끼리 먹어도 되것어?" 뼈 있는 소리로 받아쳐도 돌아오는 고함이 없다. "형님, 나가시고 어머니가 고양이들 밥 챙겨주신 거 알아요?" 동생댁이 말할 때는, 진즉에 가출을 한 번 했었어야 했나 하는 생각도 든다. 푸하하.

"임아, 메주 언제부터 쑬래?" "임아, 내일 조청 몇 시부터 달일까?" 엄마는 이것저것 내 의견을 묻는다. 하루에 한 번 끓이면 근 한 달간 쒀야 했던 탓으로 새벽 5시면 일어나 메주 솥에 불을 넣던 엄마는 가마솥을 하나 더 마련했고, 아침 먹고 느긋하게 불을 넣기 시작한다. 새벽부터 밤까지 이어지는 노동은 할 수 없다는, 몸이 힘들어 병이 나면 그것보다 큰 손해가 없다는 내 의견을 수렴한 것이다.

"임아, 기목이랑 한의원 가서 침 맞고 올 테니 메주 솥에 불 잘 보고 있어." 보름 넘게 메주를 쑤는 동안 두 가마솥 불을 나한테 맡기고 날마다 외출이다. 드디어 불 담당으로 승진했다. 앗싸! 어느 날은 메주에 물이 너무 많았고, 어느 날은 밑이 조금 눌기도 했지만 "이 정도면 괜찮다"는 엄마 칭찬까지 등에 업고 메주 쑤기는 탈 없이 끝이 났다.

"아니, 엄마는 대체 어쩌자고 이렇게 이쁜 딸을 낳았대." 머리를 말리며 뜬금없는 말을 꺼내도 "글쎄 말이다. 어떡할라 그랬는동" 받아준다. "암만 딸이라도 아닌 건 아닌 거지!" 단호했던 엄마는 없다. 같이 산책을 하다 등을 쓰다듬거나 손을 잡으면 슬그머니 뿌리치던 엄마도 없다. 둘만 집에 있어도, 둘이서 산책을 해도 어색한 모녀는 이제 없다. 어느 날부터 내가 안동에 간다고 하면 언제 올 건데 자꾸만 묻고, 전화해 언제 올 거냐고 성화를 내는 엄마만 있다.

밥 먹다 사진을 찍어도, 휴대폰을 들여다봐도 뭐라 하지 않는다. "아니, 그 난리를 치더니 요샌 왜 임이가 밥상머리에서 휴대폰 만져도 암말도 안한데?" 오빠가 놀려도 웃어넘긴다. 일 좀 덜 하라고 하면 짜증 폭발이던 엄마도 딴 데 가버렸다. 일하는 시간 줄이고 걸어야 한다는 말을 잘 듣는 엄마만 남았다. 아침저녁으로 동네 한 바퀴를 산책한다. 깨는

동생하고 내가 심을 테니 오지 말고 정자에서 놀라고 하면 따라나서지 않는다. 엄마는 노력하고 달라진다. 그래서 난 엄마를 존경한다. 잘못은 누구나 할 수 있지만, 그것을 인정하고 바꾸는 일은 아무나 할 수 없다. 나이가 들수록 어려운 일이다. 엄마는 그 어려운 일을 한다. 환갑이 다 된 시간에도 엄마가 있어 나는 아이이다. 임아! 엄마가 부르는 소리를 오래오래 듣고 싶다.

# 있어 줘서 고마워

이제 한 달 내내 집에 있어도 심장이 요동치지 않는다. 한 달 내내 나가 있어도 마음이 불편하지도 않다. 되는대로 형편대로 할 수 있는 것을 하면 그만이다. 아침에 일어나 안방 곁문을 열고 장독대 쪽을 보니 서리가 하얗다. "이제 서리 세상이여!" 했더니 "서리 세상 될 때도 넘었지. 요새 날이 따시서 그렇지. 너거 어릴 때만 해도 요맘때면 문고리에 손이 쩍쩍 붙었잖아" 하신다. "그러게 온난화가 문제지" 하고 문을 닫는데 "임아, 날도 추와지는데 집장이나 하까? 재료도 다 있는데." 엄마는 날마다 일거리를 잘도 만들어낸다.

사실 집장 만들기 딱 제철이기도 하다. 김장하고 남은 무에 따서 보관해둔 풋고추에 말려둔 각종 나물들이 제 역할을 해야 할 때라는 이야기다. 우리집에선 '집장'인 이 음식은 다른 집에선 '딩겨장' 또는 '등겨장'으로 불리기도 한다. 지금이야 보온 밥솥에서 삭히지만, 전자제품이 없던 시절엔 쌀 찧고 나온 껍질인 등겨 속에 단지를 묻어 그 보온력으로 삭혔다고 붙여진 이름일 테다. 집장은 겨울 초입에 들어서면 꼭 담가야 하는 장이다. 할아버지 아버지부터 우리들까지 전부 집장을 좋아하는 탓이다. 대대로 이맘때면 먹었던 것이니 어쩌면 당연한 일이겠다.

씨앗 하나씩 땅에 심었을 뿐인데, 하루가 다르게 쑥쑥 커서 산책하는 발길을 붙들던 무 두어 개 꺼내와 숭덩숭덩 큼직하게 썬다. 표고버섯도 꺼내 썰고, 가을에 썰어 말려 둔 가지도 물에 담가 불린다. 냉장창고에서 풋고추 꺼내와 다듬고 옆 냉동창고에서 얼려 둔 송이도 가져다 녹여 둔다. 모든 재료가 준비되면 큰 다라이에 담고 굵은 소금을 솔솔 친다. 여기까지가 내가 할 수 있는 일이다. 준비된 채소에 메줏가루와 엿기름 등을 섞어 밥솥에 앉히는 것은 오로지 엄마의 몫이다.

"니가 좀 배와. 나는 죽을 때까지 집장은 먹고 살아야 되여." 오빠가 채근을 한다. "엄마. 들었지, 내가 집장 하는 거 다 배울라만 한 이십 년은 걸릴 거 같으니께 오래 사셔야 혀." 책임을 엄마한테 미뤄두고 산책을 나선다. 어느새 대문채보다 커져 버린 자목련은 내년 꽃눈이 맺혔고, 봄부터 가을까지 쉴 새 없이 올라와 손목을 부려먹던 풀들은 꽁꽁 싸매고 자러 가버렸고, 떨어져 뒹굴다 뒹굴다 이쪽저쪽 뭉쳐있던 낙엽들만 산책길을 묵묵히 전송한다.

팔랑팔랑 강변을 따라 길게 길게 한 바퀴. 나폴나폴 논둑으로 내려서 둥글게 둥글게 한 바퀴. 멧돼지 고라니들 때문에 닫아둔 뒷문을 열고 새작골로 길을 잡고 자작자작 한 바퀴. 집에서 젤 멀찍이 떨어진 강당까지 걸어가 마루에 걸터앉으면 마음에서 파랑새 한 마리 포르르 날아오른다. 걷다가 쉬다가 산책을 마치고 집으로 돌아가니 안마루 끝에서 20인용 보온밥통이 집장을 품고 있다. "간이 됐어?" 너스레를 떨며 앉으니 "싱거우면 이따 소금 더 너만 되지. 뭔 걱정이여." 자식들 좋아하는 집장을 앉혀둔 엄마 목소리엔 보람이 그득하다.

올 김장은 준비할 게 조금 더 많았다. 서울 이모부가 작년에 뇌출혈로 쓰러지시고 거동이 많이 불편하신 상태라 엄마는 이모네 김장을 해주고 싶어 하셨다. "올해 김장은 얼마나 할라는가?" 어차피 심은 배추는 다할 걸 알고 있지만, 의례적으로 물은 말에 "나는 너거 이모 김장도 해줄라니께 그런 줄 알어." 결의가 가득 찬 목소리가 돌아온다. 그건 자식들한테 좀 미안하다는 뜻이다. "그렇게 혀, 어차피 하는 김장 몇 개 더 무치면 되는데 뭐가 문제여." 전혀 신경 안 써도 되는데 마음에 걸려 하는 엄마가 안쓰럽기도 했지만 귀엽기도 해서 속으로 웃음을 삼키며 대답했다.

서울 이모 김장을 한다는 소식은 대전 이모네에 전해졌고, 대전 이모는 2박 3일 김장 방문을 감행했다. 오빠와 남동생이 뽑아서 비닐 덮게로 꽁꽁 싸매둔 배추를 헐어 실어 오고, 캠핑장 남자샤워장은 김치 공장으로 변신했다. 이모와 동네 아저씨가 밖에서 배추를 쪼개고 엄마와 내가 안에서 배추를 절였다. 몇 안 되는 동네 분들이 수시로 와서 김장 코치를 하다 돌아가고, 어릴 적 우리가 목욕하던 큰 다라 다섯 개가 순식간에 채워졌다.

집에 돌아와 저녁을 먹고 두런두런 앉았는데, 대전 이모가 "언니, 새아재(형부를 그렇게 부른다)가 살고 언니가 먼저 갔으면 아이들은 더 힘들었을 거야" 한다. "당연하지. 두 분 다 계셨으면 금상첨화지만 한 분만 계셔야 했으면 당근 엄마지." 받아쳤더니. 듣고 있던 오빠가 "아버지 살아계셨으면 이쁜 새엄마 구해와서 잘살았을지도 모르는데. 아깝네!" 농을 시작한다. "그랬겠지. 이쁜지 아닌지는 모를 일이지만 새엄마는 왔겠지" 했더니 이모가 "새엄마 왔으면 너거가 잘 적응하고 살았것냐" 하신다. "이모, 말해 뭐해, 우린 나설 것도 없이 오빠 용열에 두 손 두 발 다 들고 사흘이 멀다 하고 돌아갔을 걸!" 내 말이 끝나기 무섭게 "아부지요, 저 여자는 엄마가 아니잖아여. 왜 우리집에 와서 있는데요. 빨리 가라고 해요오." 천연덕스럽게 연기를 하는 오빠 때문에 방이 떠들썩하도록 웃었다.

50년쯤 지난 죽음은 이제 웃음으로 추억할 수 있게 되었고, 다리가 아프다 허리가 아프다 하면서도 자식들한테 조금이라도 더 도움이 되고 싶은, 언제나 당신이 당신 삶의 주인으로 당당하고 싶은 엄마가 계셔서 얼마나 다행인지. 그것이 세상 얼마나 행복한 일인지. "이모, 나는 세상에서 젤 불쌍한 사람이 엄마 없는 사람들이야. 내가 어떤 일이 있어도 살아내자 하는 이유는 우리 딸 옆에 오래오래 있어줘야 하기 때문이고. 그니께 두 분 다 건강하게 오래오래 사셔." 김장하는 내내 엄마와 이모는 자식과 조카들 덜 힘들라고 분주하게 움직였고, "쫌! 내가 하께, 자꾸 무거운 거 번쩍번쩍 들지 말고, 에휴!" 가끔 잔소리를 안 할 수는 없었지만, 그 마음만은 너무 잘 알고 있다.

드디어 김장 대전 마지막 순간, 김장 버무리는 날. "김치는 속이 좀 많이 들어가야 맛있지." "너무 많이 넣은 건 오래되면 시원한 맛이 없어." "좀 덜 절여졌다 싶은 건 소금을 좀 쳐서 넣어." "짠 것보다 싱거운 게 나아. 소금 더 치지 마." 길갓집에 농사 망한다더니 각자 경험과 취향이 와글와글 쏟아진다. "시끄럽고, 각자 지 통 갖고 와서 지 식미대로 지 집 꺼 담아!" 우리집 영원한 회장님 엄마 한 마디에 "아, 예에~." 배추는 일사불란하게 각자의 통으로 들어갔다. 앞으로 한 이십 년쯤 이렇게 모여 김장하며 살자. 엄마 있어 줘서 고마워.

# 나는 나, 우리는 가족

삶이 더 무서운 날과 죽음이 더 두려운 날이 있다. 사는 것이 무서웠을 때 죽음이 희망이 되어주었다. 삶이 무한하지 않다는 명백한 사실은 언젠가 고통도 끝나리라는 꿈을 꾸게 했다. 어느 날 문득 죽음이 두렵기 시작했을 때 살아온 날들이 보였다. 기어코 살아내야 할 날들이 선명해진다. 살고 싶다는 말 속엔 이미 모든 생명은 죽는다는 명제가 포함되어 있고, 죽고 싶다는 말 속에는 살아있다는 현실이 존재한다. 우위를 점하고 밀려나고 다시 올라서면서 수없이 뒤척이던 삶과 죽음에 대한 생각은 어느 순간 제 자리를 찾아 들고, 생각을 따라 널을 뛰던 날들이 평화로워지기 시작했다.

하고 싶다는 생각만으로 닿을 수 있는 것은 아무 곳에도 없다. 죽고 싶다고 생각한 순간 죽음을 결행하지 않으면 이를 수 없고, 살고 싶다는 욕망이 간절한 순간 살아내기 위해 대문을 열고 나가지 않으면 그곳은 이미 무덤이나 마찬가지다. 그러니 살고 싶다, 죽고 싶다 하기 전에 오늘 살아서 분열하고 있는 내 세포를 따라 열심히 하루를 지나쳐 가자. 그러다 어느 날 세포들이 일손을 놓고 심장마저 멈추면 그걸로 충분하다 여기고 떠나버리자.

남은 모든 길에는 삶도 죽음도 무심히 놓아두고 오직 나만 존재하기를 바란다. 안달이 복달과 씨름할 시간에 주어진 일을 하고, 짬을 내 산책하고, 여행을 떠나자. 누구를 위해 꽁꽁 묶여 있은 양 생색내지 말자. 아무도 잡은 적 없는 인생이다. 자식을 위해 더 많은 시간을 쓴 시절이 있었다 해도 그것은 내가 살아내야 할 인생이었을 뿐, 아이들과는 무관한 일이다. 부모 때문에 가족들 틈에서 상처받은 지점이 있었다 해도 그것은 사느라고 주고받았던 캐치볼 같은 것일 뿐 걸림돌로 남겨두지 말자.

원하지 않았지만 내 사랑은 가끔 초라했고, 뜻한 적 없었지만 내 삶은 때때로 아팠다. 쉰다섯 번째 새해를 맞으며 이 이야기를 쓰는 건 초라했던 사랑에 대한 원망이 아니고, 아팠던 사람에 대한 해악은 더더욱 아니다. 이제 겨우 닿은 평화로운 곳, 초라했던 사랑은 추억이 되고, 아팠던 삶이 꽃이 되어 피었다.

혼자 걷고 있는 내가 참 좋다. 나만 나를 쓸 수 있는, 나만 나를 화나게 할 수 있는, 나만 나를 기쁘게 할 수 있는, 나만 나를 웃게 할 수 있는 시간에 닿으니 마구 행복하다. 자책이나 원망 없이 무엇이든 볼 수 있을 거 같다. 자만이나 악다구니 없이도 자존할 수 있겠다. 오로지 혼자서 걷는 길, 비로소 나는 나다.

'울지 마라, 외로우니까 사람이다.' 한때 삶에 아지랑이 같은 희망을 주던 문장이다. 한번 심장에 들어앉은 낱말들은 다른 편에 존재할 말들을 암막 커튼처럼 막고 오래도록 삶을 휘젓고 다닌다. 오지 않는 전화를 기다리지 않기 위해 안간힘을 쓰게 만들고, 물가에 나가 앉아 새를 바라보아야 할 것 같은 조바심을 드리운다.

'울어라, 울어서 외롭지 않을 수 있다면 우는 것이 사람이다.' 오랜 세월 나를 지배했던 문장을 다시 배치해 놓고 바라본다. 눈물 속에 외롭다는 말조차 흘려보낸 뒤 말간 웃음을 되찾을 수 있는 그것이 사람이다. 희망과 절망은 마주 보고 있지 않다. 희망과 절망은 수없이 몸을 섞어 자신과 타인의 구별을 지우고, 분간할 수도 풀어낼 수도 없는 공통 함수가 가득한 시험지를 툭, 하고 던져 놓는다.

외롭지 않은 날을 찾아 여기까지 왔다. 절망과 희망이란 말의 경계를 지운다. 살아오면서 완벽하게 희망적이거나 온전히 절망적인 순간은 존재하지 않았다. 그대가 있을 때도 나는 외로웠고, 아니 어쩌면 그대가 있어 더 외로웠다. 사랑해서 결혼했고, 아이를 낳았다. 더 이상 사랑을 지속할 수 없어 헤어졌고, 아이는 남았다. 아이들을 잘 키우는 일은 한 시절이 내게 준 임무였다. 그걸 깨닫지 못하고 지내는 동안은 절망이 수시로 찾아왔다. '혼자서 이걸 어떻게 해야 하지.' 혼자서란 말은 빼도 되는 것이었는데. '내가 이걸 어떻게 해결할 수 있지'만으로 충분했는데.

자기 삶은 스스로 방향키를 틀어 운행했으니 감당할 수 있는 만큼일 테고, 누구라도 혼자서 잘 해낼 수 있다고 확신한다. '혼자=외로움'이란 등식은 참이 아니다. 마찬가지로 '사람=외롭다'는 등식도 참일 리가 없다. 세상 모든 나무들은 혼자서 굳건히 선다. 그들이 모여 숲을 이룬다. 나는 그냥 한 그루 나무처럼 나여서 충분하고, 옆에선 나무들과 함께 숲이 될 준비도 마쳤다. 외로워도 슬퍼도 울어도 웃어도 한 그루 사람이다. 우리는.

# 산수헌의 나날

산수헌(山水軒)은 고향집 당호이다. 우복 정경세 종가이고 국가 민속문화재다. 고추장, 된장, 간장 담는 법을 배우고 판매하는 일을 하는 것이 내가 귀향한 이유다. 브랜드 이름을 정하면서 산수헌을 선택한 것은 대대로 이어온 장맛에 가장 부합하는 이름이라 생각했기 때문이다. 조상들이 살아오신 길과 돈벌이를 위한 수단이 같은 이름으로 만나도 되나 하는 고민이 없었다면 거짓말이다.

남의 큰집(이쪽 지방 사람들은 종가를 그렇게 부른다)에서 살다 보면 타인의 시선에서 자유로울 수가 없다. 영남의 종가들이 자본의 시대를 버티기 위해 선택한 경제활동은 구설에 오르내리기 십상이다. 조상들이 어떻게 살았는데 장사를 한다고! 그 집도 별거 없네. 어떤 고민도 배려도 없이 내뱉는 말들은 고스란히 상처가 된다.

반바지를 입고 마루를 닦는 걸 본 어떤 사람이 "아니 이런 집에서 어떻게 그런 차림을 하고 있어요?" 묻는다. "이런 집에선 한복을 차려입고 청소를 해야 할까요? 우리는 오늘을 사는데" 대답하면서도 씁쓸하다. 엄마가 마루를 오르내려 화장실 다니기 불편해지면서 상방에다 화장실을 만들었다. 문화재청에서는 안 된다고 했다. 우리로선 문화재를 취소

하라고 할 수밖에 없다. 이어간다는 것은 박제한다는 의미가 아니다. 온고(溫故)와 지신(知新). 가치가 있는 것은 지키고 그렇지 않은 것은 바꾼다는 뜻이다. 유독 온고에만 방점을 두는 것은 옳지 않다.

나는 진주 정(鄭)가다. 25대 조부께서 진주에서 상주로 이거하셨고, 대를 이어 지금까지 살았다. 10대를 청리면에서 살다가 지금 고향집으로 터전을 옮긴 분은 15대 조부 우복 할배다. 그날부터 400년 시간을 이어왔다. 삶의 형태가 바뀌는 데 따라 변화해온 것이다. 반바지를 입고 마루를 닦고, 들에 나가 직접 고추와 콩을 심고, 딸내미 우렁찬 목소리가 담장을 넘으면서 산수헌 사람들은 오늘을 산다.

산수헌이란 이름은 바꿀 수 없는 가치와 정신을 담았다. 부모 조상에게 부끄럽지 않겠다는 약속, 자기 욕심만 따라 살지 않겠다는 의지, 가난하고 어려운 곳을 외면하지 않겠다는 다짐, 말만 앞세우지 않겠다는 맹세. 타인을 속이지 않겠다는 당연한 도리. 부모에게 효도하고 형제들과 우애 있게 지내겠다는 단단한 마음. 그것이 산수헌이 가진 가치와 정신이다. 산수헌 식품은 그 정신을 담아 된장, 간장, 고추장을 만든다.

산수헌은 햇살과 바람, 구름과 달빛, 하늘에서 땅으로 내려앉는 비와 수억 광년을 넘어 밤하늘을 수놓는 별빛 이외에 어떤 인위도 없는 자연 공간, 21세기 무릉도원이다. 직접 농사지은 믿을 수 있는 콩과 고춧가루만 쓰고, 할머니의 할머니가 그 할머니의 할머니가 하셨던 방식 그대로 가마솥에 콩을 삶고 조청을 끓인다. 앞으로도 변하지 않을 것이다. 판매량이 늘어나면 마음이 달라지지 않을까 생각해본다. 사람이 하는 일이니. 그럼에도 걱정하지 않는다. 엄마와 내가 둘이서 아무리 가마솥에 불을 넣어봐야 일 년에 2천 명 고객님들께 보낼 양밖에 만들지 못한다는 걸 아는 까닭이다.

우리 엄마의 계절은 어디쯤 가고 있는지 내 남은 시간은 얼만큼인지 아무것도 장담할 수 없지만 내 무릉도원 산수헌에서 우리는 함께 할 것이다. 의도하지 않았지만, 서로에게 낸 생채기들을 보듬으면서, 전 생애를 그리워하며 살았던 마음을 더 많이 표현하면서, 자라지 못하고 칭얼거렸던 어린 순임이의 마음이 날마다 쑥쑥 자라날 것이다. 쓰지 않고는 배길 수 없었던 지난날들이여! 안녕.